残照

前澤 玄 *Hiroshi Maezawa*

元就出版社

まえがき

ここに収録した随想や論説は、その多くは定年退職を迎えた平成二年から十一年にかけて、財団法人水交会の「水交」や同期会の機関誌「古鷹」に投稿したものである。

申すまでもなく企業に在ってはその職責に応じ、業務面の企画・立案から調査、報告まで書くことは多かったが、自らの思うことを、意のままに書くという機会はほとんどなかった。したがって、簡単なエッセイを書くだけでも最初は苦痛であった。

ところが、社会党（昔時の）や共産党が幅をきかせていた時代は、今次大戦を侵略戦争と看做《みな》し、ことごとく旧軍部を批判し、歪曲された歴史観を押しつけ、教育現場にあっては、校長先生が掲揚した「日の丸」を、日教組の先生方がひきずり降ろしてくるという実情を耳にし、私たちの先輩方が生命をかけて守ろうとした祖国日本を、お前らに「勝手にされてたまるか」との憤激《ふんげき》を覚えることも度々であった。

もちろん会社一筋に生き、家庭を顧《かえり》みずに来たわれわれ父親たちにも責任の一端はあったが、退職して暇の出来た今日、これからはペンにはペンをもって対決すべしとの思いが強くなった。そこで私は自らの身辺を整理する意味もあって、まず最初に計画したのは「新渡戸稲造の書いた武士道と江田島精神」という小論であったが、多くの方々の好評を得て、見知らぬ人からの励ましの言葉を頂き、そのお陰で物を書くことの楽しさを覚えたのである。

その頃、私の胸中に在ったものは「東京裁判」は国際法上無効であり、したがってまた、今次大戦は中国大陸への政策に失政はあったにしても、大東亜戦争は決して侵略戦争ではなく、自存自衛のため止むを得ず立ち上がらざるを得なかったものであり、かつまたアジア各民族を解放するための闘いであったということである。

靖国に祀《まつ》られている英霊（法務死の方も皆同じ）の名誉の回復と慰霊顕彰のことは、国家・国民として当然なすべき義務であり、他国からあれこれ内政干渉を受ける筋合のものではない。もちろん、日本には敗戦への責を負うべき人は居ったにしても、戦犯なるものは存在しない。

さらに精神的に荒廃したこの日本を救うためには、日本古来の武士道精神をどんな形でもよいから書き残し、これを次の世代に伝えていかなければならないと思うようになったのである。

また、最愛の人を戦場に送られたある婦人が、

かくばかり　みにくき国になりたれば
　捧げし人のただに惜しまる

と詠《よ》み給いしこの方の真情を想うとき、この日本を、再び道義の国・日本として立て直す為には、その礎《もと》となる憲法と教育基本法を改正することが絶対不可欠の要件である（これは中曽根元首相が常々申されていることであるが）と考えていた。

私の尊敬する台湾の「鄭春河先生」は、『嗚呼《ああ》大東亜戦争』という本を日本で出版されましたが、この方は今の日本人よりさらに日本人らしい方であり、「日本の同胞諸君へ」と「遺言」まで書き送ってこられた方で、「日本は今生きる人達の日本であるばかりでなく、過去に生き

た人達の日本でもある」と述べられている。

最近、教育基本法の改正の中に「愛国心」なる文言を入れることは、戦前のことを思い起こし、問題があるとの政党政治家が出て来て、またまた改正の手続きは、次に持ち越されることになってしまった。

「愛国」なる精神が何故に問題になるのか、鄭春河先生の日本人への真心と対比し、まことに恥ずかしい限りである。これが真の日本人で、日本で教育を受けられた政治家から発せられた言葉であることを思うと、日本の教育界は、もはや取り返しのつかないところまで来ていることを、日本の将来を担う先生方はしかと肝に銘じて頂きたい。

愛国心も持てない日本人に、人類愛を説けとでもいいたいのか。しからば一切の道理も通らない北朝鮮を見よ。まだまだ世界連邦を夢見る段階ではない。

私はこの文集の中で、「山本五十六元帥」の生家を尋ねた折の感懐の一端として、人間の器量の大きさというものは、その人の生まれた家の大小ではなく、その家に流れる血液・精神文化の高さにあると書いたが、もし人生というものが、後に続くものに、その人の生き様、精神性を残していくものだとすれば、七十歳を過ぎてからこそ真の人生が始まるといっても決して過言ではない。

実は私がこの「残照」という一冊の本を纏《まと》めて、残して置こうと思ったのは、この趣旨によるものであり、過去数十年にわたって多くの職域、集団組織の中でご指導とご薫陶を賜わりました教官、上司、先輩、同僚各位に対し、いささかなりともご恩返しがしたかったからのためのものでもあります。どうか小生の意のあるところをお汲み取り頂き、ご高覧の栄を賜わりますれば望外の喜びであります。

最後にこの「名句」は中曽根元総理のお詠みになられたものと拝察致しますが、「暮れてなお生命の限り蟬しぐれ」——これが現在の小生の心境そのものであります。

平成十七年四月

前澤　玄

残照

——目次

残照

一・衰亡の渕に立たされている日本
――祖国愛を再び民衆の手に

一、衰亡の渕に立たされている日本

先年亡くなられた高坂正堯《まさたか》氏（京都大学教授、国際政治学）は、その著書『文明が衰亡するとき』の中で、
(1) 尚武の気風が失われていくとき、
(2) 各階層の生活が乱れ奢侈に流れていくとき、
(3) 政治家官僚の中に汚職が蔓延していくとき、
(4) 一般民衆の道徳倫理観が地に落ちていくとき、
その民族は衰亡の道を辿ると述べられている。（大意を要約、文責筆者）
しからば日本の現状はどうであろうか。近年高齢化社会が急速に進む中、出生率の低下や離婚率の増加、モラル・性の乱れや連帯の喪失など、憂慮すべき現象が各階層に見られるが、最近特に、凶悪な犯罪や高級官僚の汚職、さらには不倫、性モラルの紊乱《びんらん》など、今までの日本社

会には見られなかったような不祥事が次々と起きている。

このままではこの日本が危ないと思うのは、我々大正世代の老兵のみではあるまい。今、日本はまさに衰亡の渕に立たされていると言っても過言ではない。

二、かつて日本の高度成長を支えて来たもの

かつて我々は焼け野原から立ち上がって祖国の再建と高度経済成長を支えて来たが、今顧みて一人一人は皆勤勉で正直で、全部が全部とは言わないが、協調性に富み、軍務で鍛えられた「忠誠心」と「使命感」を「国家」から「企業」に置きかえて懸命に働いて来た。

もちろんその裏には、高度の技術革新と多くの好条件に恵まれたことはあったにしても、底を流れるものは苦楽を共にする和衷協同の精神であったり、不撓不屈のチャレンジ精神であった。

一つ一つは挙げないが大げさに言えば、新渡戸稲造博士が書いたような「武士道精神」が脈々として日本人の心の中に受け継がれ、企業を支えて来たのである。

民間の企業内がこうであったから、当時の中央官庁、地方自治体、あるいは陸海空自衛隊の組織内部が如何なる精神によって管理運営されていたかは推して知るべしである。そこには「名を惜しむ」軍隊帰りの「丈夫《ますらお》」が頑張っており、不正を憎み、恥を知り、公平にして正義を尚《たつと》ぶ気風が漲《みなぎ》っていたのである。

良い面ばかりを強調したきらいもあるが、戦後間もない頃までは、このような精神風土が日本社会全体を支えていたといっても差し支えない。

三、喰い潰してしまった高い精神性

高度成長の半ば頃であったか、「これから入ってくる新入社員は外国人だと思って付き合ってくれ」と人事担当から言われ、愕然としたことがある。

最近の健全な青年から見れば叱られそうであるが、戦前の人間と戦後教育を受けた人間とは、精神構造面でかくの如く違ってしまっていたのである。

前に述べた日本人の持つ高い精神性は、一朝一夕に形成されたものではなく、武士道形成以来の先人たちが（特に明治以来の教育の成果として）我々に残してくれた「心の遺産」とでも言うべきものであったが、戦後、我々は、これらを喰い潰して経済大国にまではのし上がったものの、気がついて見たら、心の中に「ぽかっ」と大きな穴が空いてしまっていたのである。

それは我々が使うことばかり懸命で、これを修復、補完することをまったく怠って来たからである。いやそれどころか、これを修復したり受け継いだりすることは、あたかも「悪」であるかの如き風潮が各階層を支配し、「自虐史観」と「マルキシズム」の複合による歪められた教育宣伝が行なわれて来たのである。

元を糺《ただ》せば占領軍の対日政策（骨抜きにしてしまおうとする弱体化政策）にもよるが、ここでは敢えて占領軍の悪口批判はしない。それより残念なことに、当時の「進歩的文化人」と称せられる人々や大マスコミが（全部とは言わないが）占領軍のお先棒を担《かつ》いで、旧日本陸海軍の栄光と名誉を否定し、靖国への参拝を非難し、日本古来の伝統文化、美風も美徳も「軍国主義」の名のもとに非難攻撃を加えたのである。

しかもその傾向は講和条約締結後も、数十年にわたって続けられてきた。

一方、ビジネスの世界に生きて来た我々にも大方の責任がある。喰わんが為に働いて来た時代はいざ知らず、高度成長の真っ只中にあって「猛烈社員」なる言葉がもてはやされ、多くの父親たちは、ほとんど家族を顧みず、子弟の教育はすべて母親任せ、一筋に会社人間として経済性と効率性のみを追求し、徳目や精神性を重視した躾《しつけ》をして来なかったのである。以上のような「つけ」が今日、日本社会のあらゆる分野で「噴出」しているといってよい。

四、文部省は何をしている

アメリカでもイギリスでも、あるいはドイツ、イタリアでも自らの国家に誇りを持ち、その表徴たる国旗に敬意をはらい、国家民族に対する忠誠心と敬愛心を育《はぐ》むことを、初等教育の第一眼目としているが、「従軍慰安婦」問題が中学の教科書に載っても何らの措置も取らない日本の文部省は、一体何をしているのか。

口を開けば、「自らの社会や人生に夢と希望の持てる、創造性豊かな、個性ある人間を育成する」などと言っているが、国旗も国歌も大事にしない国民に、何の夢と希望があるというのか。正しい近代史も教えないで、何が国際人の育成だと言いたい。

最近、ようやく「これでは日本の将来が危ない」と産経新聞社が「教科書危機」を取り上げ、東京大学藤岡教授グループが『教科書で教えない歴史』を、小室《こむろ》直樹氏が『日本国民に告ぐ誇りなき国家は滅亡する』を発刊、さらに上智大学の渡部昇一教授、関西大学の谷沢永一教授が盛んに国益に沿った論陣を張り、「こんな日本に誰がした」と叫ばれているのは、実に頼もしく力強い限りである。

話は飛躍するが、私は折々「美しき日本の歌」（日本音楽教育センター発行ビデオ八巻）を孫たちと一緒に観る。映像で綴られているので聴くというより観るといった方が正しいが、「夕焼小焼」や「里の秋」などに交じって、「荒城の月」や旧制高等学校の寮歌を観るのが大好きである。

「希望は照れり東海の　み富士の裾の山桜　歴史を誇る二千載《ざい》　神武の子等が立てる今　見よ洛陽の花霞《がすみ》」（三高寮歌の一節）

「芙蓉の雪の精をとり　芳野《よしの》の花の華を奪い　清き心の益良雄が　剣と筆とを取り持ちて一度び起《た》たば何事か　人生の偉業成らざらん」（一高寮歌の一節）

富士山麓に咲き誇る山桜を観賞しながらこの歌を聴いていると、知らず知らず涙がこみ上げてくる。「かつての日本はこんなに美しかったのだ」と。そしてこの中で育つ若人には、文武両道があって、俺たちが「この日本を支えて行くのだ」との誇りと希望がひたひたと伝わってくる。

今でも我々に感動を与えてくれるものは、ほとんど明治、大正時代に作詞作曲されたものであって、戦後の五十年、我々に何か夢と希望を与えてくれるような「小学唱歌」が出来たであろうか。ここにも怠慢の一端が見えるが、文部省は何よりもまず、血と汗の結晶である幕末以来の日本の歴史を、正しく子供たちに教えなければならない。

そしてその中から、日本の伝統文化と自然、郷土に誇りと愛着が持てるような指導をしなければならない。人類愛とか個性豊かとか、自由、民主、平和などの理念はもちろん大切ではあるが、これらは高学年になってからでも遅くないと思うのである。

五、祖国愛を再び民衆の手に

かつて中曽根元首相は「私の履歴書」の中で、「四年間の海軍生活は私に様々な教訓を与えた。学窓を出て初めての社会生活が軍隊である。二千人の徴用工員と哀歓を共にした。名もなき工員の勇戦奮闘、日本国民は底辺に行けばいく程純情で、涙もろく、祖国愛が強いことを認識した」と述懐されている。

申すまでもなく中曽根さんは、ネービー魂をバックに、民衆の力を信じ、このまま共産勢力を野放しにしておいては、この日本が危ないと立ち上がられた尊敬すべき政治家であるが、日本のためにはもっと長く、総理をやっていて欲しかった。

「戦後政治の総決算」を掲げられた中曽根さんは、恐らく「戦後教育の歪み」と「靖国問題」を一挙に解決し、「どうすればかっての『祖国愛』を再び民衆の手に取り戻せるか」と思いを巡らしておられたに違いない。僅かではあったが同じ海軍の飯を喰った私には、中曽根さんのお気持ちが痛いほど解るような気がするのである。

近年、東南アジア諸国の発展振りは実に目覚ましいものがあるが、その裏には、映画を作る監督も、小説を書く文化人も、そして学者も勤労者も、「どうすれば祖国が発展し、国民の生活が豊かになるか」の視点に立って、すべての行動が取られているように見える。しかるに日本の芸能界、マスコミ、教育、言論出版の各界には、この視点がまったく欠落しているように見える。ただ面白く、楽しく、お金にさえなれば害毒を流そうが流すまいが、それは取る方の勝手と言わんばかりの報道振りである。

そして青少年の生活環境も、いっこうに改善されていない。「友人はすべて受験戦争のライバル」、宿題と塾通いと稽古事の毎日、そこには「友情」とか「連帯」とかが育《はぐく》まれる素地も余裕もない。しかも教育の現場から、「国のため」なる言葉が消えて久しい。

今、私の手許には「眞継不二夫」さんが編集された『海軍特別攻撃隊の遺書』（発行所、KKベストセラーズ、新宿区西新宿7-22-27 西新宿KNビル）という小冊子があるが、教育、マスコミに携《たずさ》わる方々には特に一読をお勧めしたい。

この中には学業半ばにして海軍に馳せ参じ、大戦の末期、特別攻撃隊員として散華された多くの青年たちの遺書が収められているが、慟哭というべきか、痛恨というべきか、私はその言葉を知らない（ここにその一端を紹介するが、何卒お許しを賜わりたい）。

○「お父さんに会いたくなったら九段へいらっしゃい」と妻に托して愛児に遺書を残し、愛児がもてあそんだ人形をお守り代わりに愛機に吊るし、人形もろ共比島沖に散った植村眞久海軍少尉（立教大学出身）。

○両親あての遺書の中で、「何もお前までが特攻に志願しなくとも外に搭乗員はおるであろうにと、思われるかもしれません。しかしそう思うことは私の心が許しません」といって沖縄海域に突入していった小泉宏三海軍少尉（横浜高専出身）。

私はこの中に「武士道精神」を見たのである。

○「村川弘」海軍中尉の遺筆

「母上の御手の霜焼いかならんと
　見上る空に春の動けり」

私は村川中尉が如何なる環境の中で、どのような少年時代を送られた方かはまったく知らない（雄大な遺筆だけが掲載されてあって出身校などは書かれていない）。ただこれを見詰めていると、情愛と信義に結ばれた緑豊かな田園風景が瞼に浮かんでくる。

「俺もいよいよ明日最期の出撃をする。今頃故郷の母さんは何をしているであろうか。思へば母さんには本当に世話になった。来る年、来る年霜焼の手をかざしながら吾々を育ててくれたっけ。母さん本当に有難う。いつまでもお達者に、と見上げる空に、はや春の兆しが漂っていたのである」

私には村川中尉の叫ぶような声が聞こえてくるような気がする（あとで兵学校の名簿を調べたところ、同姓同名の方は、第70期、昭20・2・17　硫黄島〈攻一〉戦死、とあった）。

あの頃の日本は、今から思えば本当に貧しかった。食べる物も着る物も粗末で、電気洗濯機もなければテレビもなく、車も持っている人などはほとんど居なかった。しかし、そんな中にあって庶民と言われる人たちは、互いに隣人をいたわり、励ましあって、心の満ち足りた生活を送っていたのではないか。そしていざという時は国に殉ずるの覚悟を秘めていたのである。

ここで私は、「祖国愛」とはなどと説明するつもりはさらさらない。

いつの世でも誠実に勇敢に自らの職責を遂行し、国運の進展に大きく貢献したのは、中曽根さんが言ったように、名もなき民衆の力だったのではないでしょうか。


（平成九年四月）

二．新渡戸稲造の書いた武士道と江田島精神

一、まえがき

三十九年に及ぶ、三菱グループでの生活を終えて、目下暇を持て余し気味のこの頃であるが、先般、引っ越し荷物の下積みとなって、長い間、目に触れることもなかった一冊の本を見出した。それは、矢内原忠雄先生の書かれた「余の尊敬する人物」という小冊子である。

この中には、預言者エレミヤ、日蓮、リンカーン、新渡戸稲造四氏の生涯、人となり、その思想等の概要が記されており、それぞれの時代背景の中で、世の誤解や非難攻撃を受けながら、自らの信念を貫き通した各偉人の生きざま、死にざまが描かれている。

私がこの本を手にしたのは、昭和二十七年頃のことと思うが、当時私は就職（神戸）して間もなく、江田島での教育を受けながら、独身寮での生活も乱れがちで、価値観に動揺があった頃であったから、特に印象が深かったのかもしれない。

特に新渡戸博士が第一高等学校の校長時代に、生徒に語りかけられた数々の訓話は、平凡な

ことでありながら、何か私の心を捉えたのである。

それは、第二種軍装に身を包み、生徒の訓練の様子をじーっと見つめていた、あの江田島での井上校長の姿を併せて思い出していたからかもしれない。

校長の思いは常に、「生徒たちの将来と祖国」にあったことを、私たちは肌に感じて知っていたのである。そんなこともあって私は、長い間、新渡戸博士に強い関心を抱えてきたが、たまたま「武士道日本の魂」という小冊子に接する機会を得、これを貪《むさぼ》り読みながら、私自身の戦後、そして自らの心を見詰め直したのである。

新渡戸博士は、盛岡南部藩の武士の子として生まれ、「少年よ大志を抱け」で有名な札幌農学校に学び、後に東京帝国大学文学部を卒業。アメリカに留学、京大教授、一高校長、東京女子大学学長等を歴任され、後に国際連盟事務局次長を勤められ、「太平洋の架け橋」として有名であるが、この武士道を英文で書いたのは、明治三十二年、博士が三十八歳の折であったという。

私が、特にこの本に魅了されたのは、第一章「道徳体系としての武士道」の書き出し、「武士道はその表徴たる桜花と同じく、日本の土地に固有の花である。

それは古代の徳が乾《ひ》からびた標本となって腊葉《さくよう》集中（押し葉のファイル）に保存されているものではない。それは、今なお我々の間における力と美の活ける対象である。

それは、何ら手に触れうべき形態をとらないけれども、それにかかわらず道徳的雰囲気を香らせ、我々をして今なおその力強き支配のもとにあるを自覚せしめる。

それを生み、かつ育てた社会状態は消え失せてすでに久しい。しかし、昔あって今はあらざる遠き星が、なお我々の上にその光を投げているように、封建制度の子たる武士道の光は、その母なる制度の死にし後にも生き残って、今なお我々の道徳の道を照らしている」と。

私はこの雄勁《ゆうけい》なる文章を次のように読み替えて、独り静かに、昔時を回想し、爽快な気分にひたっているのである。すなわち、

「江田島精神は、その表徴たる桜花に同じく、帝国海軍に咲いた日本固有の花である。それは今なお我々の間における美と力の活《い》ける対象である。それを生み、かつ育てた海軍はすでに消えて久しい。しかし、昔あって今はあらざる遠き星が、なお我々の上にその光を投げかけているように、江田島精神は、その母たる海軍兵学校の亡きあとも生き残って、今なお我々の生くべき道を照らしている」と。

しからば武士道とは何か。

二、武士道、その背景となった儒学

武士道とは元来、「もののふの道」として侍が戦《いくさ》の庭にあって互いに守るべき「ルール」とでもいうべきものであったが、武士政権の誕生、封建制度の確立によって、武士が生まれながらにして持つ「特権」と「責任」を果たすために、武士に求められた「掟《おきて》」(道義的規範)を指すようになったのである。しかし、武士道はそれ自体「戒律」の如く書かれたものでなく、武士の「心の肉襞《にくひだ》」に刻み込まれたものである。

そして、その形成の要素となったものは、仏教、神道、儒学の経典、朱子学等にあったとされているが、数百年に及ぶ治乱興亡の歴史の中に育まれ、幾多の教訓、習練の中から学びとられたものである。

ここで武士道の背景となった儒教の教えにつき、若干ふれておきたい。

儒教は、約二千年に及ぶ中国王朝支配体制の思想的支柱であり、国定の教学として、士大夫の必修教養であり、君臣、父子、夫婦、兄弟、朋友等の五倫の道を説いた。

この五倫で形成された集団の総体が天下であり、天下は天子を最高の父として頂く、人倫の具体的規定が「礼」であり、人は礼組織の中で臣、子などの「分」の定まった存在であり、その分に従って身を修めるのが務である。この身を修める徳目が、仁、義、礼、智、信の五徳である。

天下万物の根源は天であり、天子は天徳の具現者として、その尊厳性と神秘性が保持された。

一方、徳川幕府は儒学の大家、林羅山を顧問として登用し、朱子学を官学として採用した。各藩は幕府の方針を受けて、藩校等を設け、士族の子弟の教育に力を注いだのである。そしてその教学の中心となったものが、いわゆる「四書五経」であり、大学、中庸、論語、孟子等が、武士道形成に大きな影響を与えたのである。しからば、武士道の中味は何か。だが、ここでも一つ横道にそれなければならない。

三、葉隠にいう武士道

それは、あの有名な「武士道とは死ぬことと見付けたり」の一節を避けて通れないからである。私は兵学校時代、この葉隠に接する機会を得ず、さもありなんと覚悟して、この言葉の真意を測ろうともしなかったのであるが、クラスの中には小生と同じ立場の者もいると思うので、以下、概略書いておこう。

葉隠は今から約二百五十年前、佐賀鍋島藩の藩士、山本常朝が、非番になってから、武士としての心構え、処生観を語り、これを旧部下の田代陣基が筆録したものといわれている。七年間に及ぶ談話、物語の記録であり、門外不出と定められた実に膨大な資料であるが、今我々の目に触れるものは、現代風に書き改められたその一部分に過ぎない。

この中には招待を受けた場合の心得として、「翌日のことは前の晩より夫々《それぞれ》案じ、書きつけおかれ候」とか、酒席での「我がたけ分を能く覚え、その上は飲まぬようありたきものなり」とか、手紙の出し方まで、処世全般にわたり詳細な戒めが書き残されている。

海軍流にいえば、「初級士官心得」とでもいうべきものであろうか。例の有名な一節は「聞書第一」に次の如く書かれている。（神子侃著『葉隠』より抜粋）

「武士道というは死ぬことと見付けたり。二つ二つの場にて、早く死ぬ方に片付くばかりなり。別に仔細なし。胸すわって進むなり。図に当らぬは犬死などというは、上方風の打ち上りたる武道なるべし。二つ二つの場にて、図に当るようにすることは及ばざることなり。我、人生きる方が好きなり多分好きの方に理がつくべし。若し図に外れて生きたらば、腰抜けなり。この境、危きなり。図に外れて死にたらば犬死気違いなり。恥にはならず。これが武道に丈夫なり。毎朝毎夕、改めては死に死に、常住死身になりて居る時は、武道に自由を得、一生落度なく家職を仕果すべきなり」と。

さらに聞書第二の中に、

「武士の大括《ぐく》りの次第を申さば、まず身命を篤と主人に奉るが根元なり。かくの如く上は何事をするぞと云へば、内には智仁勇を備うることとなり。三徳兼備などと云へば凡人の及びなきことの様なれども、易きこととなり。智は人に談合するばかりなり。量もなき知あり。仁は人の為になることなり。我と人と比べて、人のよきようにするまでなり。勇は歯噛みなり。前後に心付けず、歯噛みして踏み破るまでなり。この上の、立上ることは知らぬことなり」と。

葉隠は以上の如く、坦々と実践の戒めを述べているが、ここには孟子の「仁は人の心なり。義は人の路なり」の如き格調高い、理想や理念は一切述べられていない。

引用した事柄や文章から判断して、山本常朝なる人物は余り高い身分の人ではなかったような気がする（今次大戦の末期、武士道とは死ぬことと見付けたりの言葉を胸に、特攻機に乗り込んでいった幾多の先輩を思うとき、万感胸に迫るものがあるが、二百年後、かかる事態が起ころうとは、山本常朝自身まったく予想だにしなかったことであろう）。

武士道の究極にあるものは「死なり」ということと、「常に死を賭して事に当たれ」との教えとでは、まさに雲泥の差というべきであろう。私はこの前後の文章を推論して、山本は、武士道を説くに当たって、常に「決死」の覚悟で事に当たれと諭《さと》したのであり、あたかも「死」を選ばざれば「卑怯」かの如く推断することは、葉隠の真意でないと理解している。しかし、鍋島なる小藩を安泰に保つためには、上方風の武士道では飽きたらず、すべからく死を賭して主君を守れと訓した山本常朝の心中も解るような気がするのである。

四、道徳体系としての武士道

以上引用した葉隠の名句は、武士が主君に仕える場合の心構えを説いているが、これから述べる武士道は、道徳体系としての武士道の中味である。

(1) 武士の特性

まず第一に武士は何よりもその品性を尊ぶ。そして「名」を惜しむ。闘いに強き武士から、治政者文教者として指導的役割を果たすに至った武士は、何よりまず「高潔なる人格」を求められたのである。かつて井上校長が「武人たる前に紳士たれ」といわれたのはまさにこのことである。

品性卑しくして人の上に立つことはできない。教養、感性、美に対する感覚、志までその地位にふさわしい品格が求められた。概《おおむ》ね、武士は、高邁《こうまい》な志、気品ある言行、礼儀正しさをもって誇りとし、名誉を重んじ、恥辱に対しては、死をもってこれを償った。武士は困苦欠乏に堪え、清貧に甘んじ、利、金銭のことを軽んじ、神仏を尊崇して、魂の啓発に励んだ。

武士道の骨組みをなすものは、智仁勇にあるとされてきたが、ここにいう智は、単なる知識でなく「叡知《えいち》」を意味し、知ることと行が合一されて初めて、真の智となったのである。

以下、武士道の特質を、義、勇、仁、礼、誠について、概略述べよう。

(2) 義

義は武士の掟中、もっとも厳格なる教訓である。武士にとって卑劣なる行動、曲がりたる振舞いほど、忌むべきものはない。

孟子は「義は人の路なり」といい、真木和泉は「節義は例えて云わば、人の体に骨あるが如し。骨なければ首も正しく上にあることも得ず、手も動くを得ず、足も立つを得ず、されば人は才能ありとても、学問ありとても、義なければ世に立つことを得ず」といっている。この真の男らしき徳は、最大の光輝をもって輝いた宝石であり、世人のもっとも高く評価するところであった。

(3) 勇、敢為堅忍の精神

勇気は義のためになすものでなければ、徳の中にあげるに値しない。孔子は、「義を見て為さざるは勇なきなり」といっている。水戸光圀は、「戦場に駆け入りて討死するはいと易き業にて、如何なる無下の者にもなしうべし。生くべき時に生き、死すべき時にのみ死するを、真の勇というなり」と述べている。武士は幼少の頃より、大胆、自若、勇猛果敢なる言葉をきかされつつ鍛練された。勇気が人の魂に宿れる姿は平静、心の落ち着きとして現われる。真に勇敢なる人は常に沈着である。敢為の精神は勇気の動的表現であり、平静は静止状態における勇気である。勇あるものは優しい。

(4) 仁、惻隠《そくいん》の心

愛、寛容、憐憫《れんびん》の情などは、古来最高の徳である。慈悲は王冠より美しいといわれ、人を治むる者の最高必要条件は仁にあるとされた。大学に曰く「上仁を好みて、下義を好まざるものは未だあらざるなり」と。武士は庶民に対し、生殺与奪の権を持っていたがゆえに、この仁、惻隠の情は、特に求められた徳である。

仁の不仁に勝つは、水の火に勝つが如しと、弱者、敗者に対する思いやりは、武士道の花である。

（あの東京裁判の論告には、武士道のかけらもない。これに反し、小沢治三郎がシンガポール陥落後、謁見した英軍司令官パーシバルに対し、「閣下は国のために最善の努めを果たされた。あとはゆっくりご静養願います」といわれ、握手を求めると、パーシバル中将は、目に涙を浮かべ、「サンキュー」と応じたという。小沢中将には、かつて日本海軍がイギリスに学んだ義があり、パーシバル中将には大英帝国の誇りがあったであろう。そこには日本武士道と騎士道の目があったのである）

(5) 礼

「礼は寛容にして慈悲あり。礼は妬《ねた》まず、誇らず、驕《おご》らず、己の利を求めず、人の悪を思わず」と。礼儀は仁愛と謙遜の動機より発す。礼道の要は心を練るにある。

武士は茶の湯を嗜《たしな》んだが、これは静寂の中に、心の平静、感情の明澄を求めたのである。礼は他人に対するやさしさが感情の発露として表われる。

(6) 誠

信実と誠実なくしては、礼儀は茶番であり、芝居である。誠は人間最高の境地で、聖人とは、誠を我が身に体現した人をいう。

中庸では誠に超自然力を与え、ほとんど神と同視した。「誠は物の終始なり。誠ならざれば物なし」といっている。

誠は一切の作為と利を排して、真理そのものになりきった境地のことをいう。

我々は幼き頃から「心だに誠の道にかいなば祈らずとても神や守らん」と母から口伝てによって教えられたが、「心だに誠あらば何事も成るものぞかし」のあの勅諭の一節を思いだす人も多かろう。

以上、武士道の特質を述べてきたが、ここでは忠と孝についてはあえて触れない。

儒教では孝を第一の徳義としたが、神道的武士道では忠を孝の上においた。

さらに武士の特長としての廉恥、名誉、克己などの精神についても紙数上これを省略する。

また戦場にあっての心構え、兵法としての孫子や、史記、六韜《りくとう》三略などについてまったくふれなかった点もご容赦願いたい。これは新戸部博士が武士道を紹介するに当たって、日本道徳の価値を世界に宣揚せんと意図したためにほかならない。

ただ武士はあくまで行動の人であり、闘いに強きことが本来の姿であったことは申すまでもない。

五、江田島における教育と江田島精神

江田島における教育が、何を目標にして行なわれたかは、大正二年に兵学校で制定示達された「訓育提要」（生徒守訓）に明示されているが、さらに井上校長が、実戦の経験を経て、各教官に示された「教育方針」に明らかになっている。

これらを平易に要約すると、

①精神教育の核心を勅諭におき、訓話、訓育資料、教官との感化ふれ合いなどを通して確固不抜の軍人精神を養う。

②指揮官たるの素養として、敏捷果断、時機を見ること明敏、如何なる条件下にも泰然自若、冷静沈着に事を処理する能力を養う。あわせてあらゆる困苦欠乏に堪えうる気力、体力を養う。

③慈愛、公明正大、敢為、勇猛、率先垂範などの心気を磨き、指揮官たるにふさわしい徳性を養う。

さらに普通学、軍事学を通して、高度の学識技術を習得させ、学問、教養、軍事、いずれの分野においても、下士官、兵の範たるにふさわしい兵科将校を養成する、にあった。

(一) 江田島の教育

当時私たちは、このような方針があることも関知せず、ただひたすら猛訓練に明け暮れていたのであるが、江田島の教育は、これらの方針、書いたもの、あるいは人から聞いたものでは

絶対に解《わか》らない。いわば、体験した者でなければ理解できない一種独特の雰囲気の中にあったように思う。

朝の起床動作から巡検ラッパまで、寸分の隙間なき課業、訓練、隊務が続き、その間、武器の手入れから短艇のあか落とし、そして決まって、自習止め後、「三号生徒は千代田艦橋前に集まれ」の号令がかかったのである。

夏は酷暑訓練、冬は厳冬訓練、棒倒しに負けたといっては気合いを入れられ、短艇が弱いといっては有志練習、男が二人揃ったらかならず競争と、常に遅れを取らぬ教育が行なわれたのである。

しかし、今静かに思えば江田島の教育は、以上の如き訓練のみに終始したわけではなく、もっと深く、広いものであった。その中で勅諭と五省について若干ふれておきたい。

勅諭は当時、絶対不可侵の重みをもって、我々に迫って来たし、五省は、自らの良心に対し、生徒たるの本分を問いかけ続けたのである。

(二) 軍人勅諭

私はいまだ軍人勅諭の原案を誰が書いたかは知らない。ただ「この五ヶ条は天地の公道、人倫の常径にして行い易く守り易し」と述べ、「右の五ヶ条は軍人の精神にして、一つの真心は又五ヶ条の精神なり」と説いているのは、まさに中庸の説くところと同じであり、この原案はおそらく儒学の大家が起草したに違いない。

また「義は山嶽よりも重く死は鴻毛よりも軽ろしと覚悟せよ」と言い切ったのはまさに武士の心であり、白刃の中をくぐり抜けた維新の志士にして初めて言い得たであろう。あるいは「報国の心堅固ならざれば如何程技芸に熟し学術に長ずるもなお偶人に等しかるべし」。また

「上官の命を承わること実は、直ちに朕が命を承わる義なりと心得よ」の訓しは、近代日本を作り上げるために、そして外国の侮《あなど》りを受けぬための、止むを得ぬ宿命であったかもしれない。

「信とは己が言《こと》を踏み行ない義とは己が分を尽くすをいうなり」

私は、この「義」の意味を儒教から教えられて、初めて「悠久の大義に死す」の真の意味が解《わか》ったのである。

今、私は非才を省みず、武士道のなんたるかをまとめようとしているが、この勅諭の五ヶ条ほど、武士道を簡明に表わしたものは、他には見当たらない。改めて明治の指導者たちの強さを、ここに知るのである。

㈢ 五省

五省は昭和七年、勅諭下賜五十周年を記念して始められたものであるが、昭和七年といえば、上海事変、満州国の建国、五・一五事件など、風雲ただならぬ世情にあったから、生徒の教育に必要以上の神経を使ったことは想像に難くない。

「日本人は死んだ」の著者M・トケイヤーは、この五省を次のように紹介している。

「山本五十六元帥を始め多くの立派な提督を生んだ旧日本の海軍兵学校では、生徒たちは毎日就床前に五省を唱和して、己を省みたそうだ。曰く『至誠に悖《もと》るなかりしか』……」と。

この本では「気力に欠くるなかりしか」を「礼儀に欠くるなかりしか」と誤訳してあって、何か微笑みを覚えたのであるが、当時我々は「常在戦場」の意気に燃えて、すべての課業、訓練に精進していたから、五省も当然のことと理解していた、至誠に悖ることなきは言うに及ばず、言行に恥じざるは武人の嗜《たしな》みであり、不精《ぶしょう》に亘《わた》らざるは戦場に赴くための心の準備であったのである。

孟子は「志は気の師なり、気は体の充なり」といい、橋本左内は「志なきは魂なき虫の如し」と言っている。人間行動の源泉は志にあり、体は気の発するところに従う。精神一到何事か成らざらんは、まさにこのことである。

今省《かえり》みて五省は、陽明学の「知行合一」の実践的反省であり、そしてその真髄は、この「気力」にあったような気がしてならない。私は戦後、この五省の精神を忘れ、尊い心の資産を失って、さまよい歩いたことを恥じている。

㈣　江田島精神

以上、江田島精神の源泉となった勅諭と五省について、私なりの所感を述べてきたが、江田島の江田島たる所以《ゆえん》は、実は、これらを超越した峻烈な訓練と一号生徒の火の出るような鉄拳《てっけん》の中にあったのである。

当時を回想して私は、訓練が如何に厳しくとも、それ自体で「参った」ということはなかった。が、遊泳訓練が終わったあとの、階段に待ち構えた一号生徒の「待て！　やり直せ」、歯をくいしばって上がっていくと、また「やり直せ」、あれには本当に参ったのである。「言行に恥づるなかりしか」を胸に、今度は通り易い階段を選んで遊泳帯を屋上に干しに行ったのであった。今でも悩裏に残る江田島名物の「お達し」の一例を、次にあげよう。

㈠　それでも貴様たちは兵学校の生徒か。
㈡　言い訳をするな。
㈢　心に恥ずる者は手をあげぃ！
㈣　ぼやぼやするな。

そして「スマートで目先がきいて几帳面《きちょうめん》。負けじ魂これぞ船乗り」と力説し、三号生徒の誇りを傷つけずに士官たるの心構えを説き、あわせて負けじ魂を吹き込んだのである。腐った根性とは、俗にいう「娑婆気《しゃばけ》」であり、自惚れや自己主張、怠慢、虚飾、そして己を庇《かば》おうとする心をいい、これらの一切を粉砕したのである。

「言い訳をするな」は勝敗に理由なし。弁明したからと言って結果が良くなるものでもなく、男は潔《いさぎよ》く責任をとれと無言で教えたのである。「心に恥じないか」は良心との対決であり、極限状態において人間の行動を左右するものは、自らの良心のみにあり、「ごまかし」や「きれいごと」は一切通用しない。

「ぼやぼやするな」は、千変万化の海上、戦闘場面においては、決断の早さと行動の敏捷性が艦の運命を左右する。

「スマートで目先がきいて几帳面」は、イギリス流のシーマンシップであるが、この裏には徹底した合理性と、機を見ること敏なる武人の心根がかくされている。

さらに江田島名物の鉄拳制裁は、軟弱な心に武人の魂を叩き込むのに、もっとも効果的であった、一号生徒は修正の理由を尤《もっと》もらしく達していたが、江田島では行為の良し悪し、理由の如何を問わず、鉄拳それ自体に意義があったと理解している。

あれほど怖かった一号の鉄拳も、三号生徒の終わり頃になると、自ら進んで鉄拳を受け、平然としていたし、なぐられながら一号を睨み返すだけの度胸もついたのである。雨あられと降り注ぐ鉄拳の嵐の中で、何か死生を超越した「ど根性」が培《つちか》われたような気がしてならない。

以上を要約して江田島精神とは、

㈠　何ものにも屈しない不撓《ふとう》不屈の精神

㈡　自らを空《むな》しうする犠牲的精神

㈢　敏捷《びんしょう》果断、勇猛なる精神
㈣　公明正大なる精神

などにあると、私は考えている。そして我々クラスの間では、「尽忠報国の精神」などはあえて言うに及ばない。そして江田島精神を一つだけあげよと言われれば、私は躊躇《ちゅうちょ》なく「不撓不屈の精神」と答えるであろう。

昭和七年から十年まで兵学校の教官を勤めたイギリス人、セシル・ブロック氏は、その回想の中で、江田島の印象を次の如く述べている（豊田穣著『江田島教育』より）。

「日本の青年中最も優秀な者が選ばれて、四ヵ年、世界無比の烈しい訓練を受けるが、彼等は心身共に卓越した者だけが堪えうるような鍛練を経て、古武士の徳を備えた、現代海軍士官になることを要求される。従って兵学校を卒業する若者は、あらゆる苦難に堪え得る肉体と文字通り不撓《ふとう》不屈の精神を兼備している。しかも彼等の魂は、大君と祖国のためなら死を辞せぬ感激に燃えている」と。

さらに分隊組織について、「各分隊間の競争を惹起《じゃっき》し隊内の団結心と上級生の統率力を養成し、日常生活を通して規律の厳正が保持されている。その裏には日本国民の歴史的背景、つまり何世紀に亙《わた》る封建社会における領主に対する絶対服従という武士の教典が背景となって存在する」と述べている。

今、私の手許には、昭和十八年十一月と記された当時の「養浩集」が残されているが、藤田東湖の「天地正大の気、粋然《ばんだ》として神州にあつまる」の正気の歌は思い出の一つである。

発しては万朶《ばんだ》の桜となり衆芳ともにたぐいし難し凝っては百錬の鉄となり鋭利かぶとを断つべし。

今思えば、道場からこだまする「裂帛《れっぱく》の気迫」も、そして「いざ蓋世の気を負いて不抜の意気を鍛はばや」の軍歌演習も、遠い遠い昔のことになってしまった。しかし江田島精神は、七十五期の一人一人の胸の中に、今なお、ひそかに生き残っていることを信じている。

六、結び

以上、私なりに、武士道の特質と江田島精神を述べてきたが、思いは遙か、その何分の一も書けなかったことをお許し願いたい。あとはクラスの諸兄の叱正《しっせい》を待つばかりである。あれから四十五年。江田島に学びて、思わず、徒《いたず》らな日々を送ってきた私であるが、この小稿を書き終えて、何か罪滅しの一つが出来たような気がする。

ただ徒らに精神主義をとなえることは、伝統的ネービーの合理性にも反するし、井上校長の最も嫌悪するところであろう。

私はここで、武士道や江田島精神の功罪を論ずるつもりはないが、歴史的事実として、近代日本を築き上げた明治維新の指導者たちも、多くは下級武士の子弟であったし、今次大戦において、北はアリューシャンから、南はインド洋まで、乾坤一擲《けんこんいってき》の大作戦を展開し、危急存亡の秋《とき》に際しては、己を空しうして特攻出撃を敢行し、祖国日本の礎となったのは、実に江田島で育った若武者たちであったのである（指揮体系を言っているのであって陸海の将兵皆同じ）。

最後に、戦艦「大和」出撃の際の、ケプガン臼渕大尉の思いを次に記して結びとしよう。

「進歩のないものは決して勝たない。負けて目覚めるのが最上の道だ。日本は、進歩ということを軽んじてきた。私的な潔癖や徳義にこだわって、本当の進歩を忘れていた。敗れて目覚める以外に、どうして日本が救われるか、俺たちはその先導になるのだ。日本の新生にさきがけて散る。まさに本望じゃないか」と。

だが、あの大戦に雄々しく戦い、潔《いさぎよ》く散った先輩たちが、生命をかけて守ろうとした祖国日本は、今どうなっているであろうか。さきにあげたトケイヤーは、「今や日本は、民族衰亡の淵に立たされている。唯一の拠り処であった驚異的経済成長も停滞鈍化を余儀なくされつつある。今日本は古来から受け継いできた民族の美点も智慧も一緒くたに、放擲《ほうてき》してしまった」と言っている。

かつての日本人は礼儀正しく勤勉で、正義を重んずる世界稀な国民であった。そして、「我を生みしは父母なり、我を人たらしむるは師なり」といい、仰げば尊しを口ずさんで涙を流しつつ校門を巣立っていったのである。

今や先生に対し、「あなたは」である。ひどいのになると「先公《せんこう》がよう！」。まさに隔世の感どころか言葉にもならない。

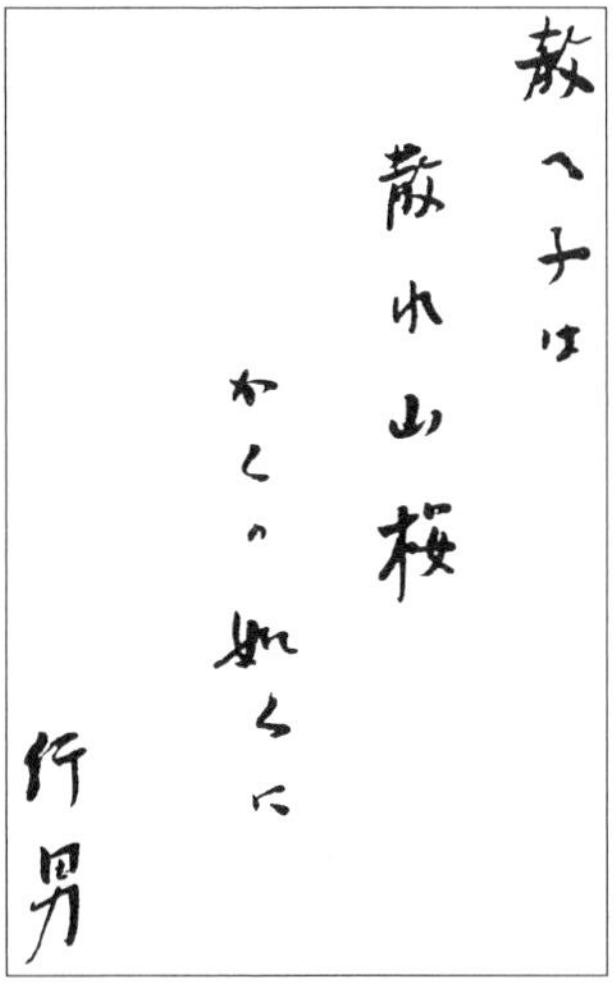

関行男大尉の辞世（筆跡は筆者）

とまれ、クラスの諸君、我々もいよいよ老境の域に達してきた。残された道はそう遠くはない。しかし、これからこそ真に美しく雄々しく生きなければならない。

この小稿が諸兄にとって、一つの心の支えになって頂けるなら私の望外の喜びである。

（平成三年五月）

三．異郷に在って君、武士道精神を忘るること勿《なか》れ

〈これはニューヨーク駐在の長男「新《あらた》」〈現東京三菱銀行本社勤務〉あてに送った父からの書簡の一節。新渡戸稲造先生の書かれた武士道精神を私なりに整理したもの。なお「新」なる名前は、先生のお名前からとったものである〉

一、公にあって

(1) 戦いに赴いては勇
(2) 治に在っては仁
(3) 人に接しては礼
(4) 君国に報じては忠
(5) 親に仕えては孝
(6) 朋友と交わっては信なり
(7) 志高邁にして無私
(8) 利に対しては恬淡《てんたん》
(9) 行動の基準は常に正義、公益にして正々堂々
(10) 心中何物にも屈せざる精神と誇り在り

二、私ごと

(1) 被服は清にして華美《かび》に走らず
(2) 言動はスマートにして卑しからず
(3) 付合いは公明正大にして思いあり
(4) 趣味は高尚にして溺れず
(5) 女性淡にして清々《すがすが》し

三、戒

(1) 平素心技を磨かずして、事に臨みてその功を求むべからず。
(2) 計あるものは心静かなり。心静かならざれば必ず敗る。
(3) 危急存亡の秋《とき》に際しては己を空《むなし》うして勇猛果敢たれ。
(4) 軍識《ぐんしん》に曰く「疾《と》く闘わば敵人衆《おお》しと雖《いえど》もその将走らすべし。強敵に遭っては以て守るべからず。勇あらざれば則ち死せん」と。

（軍識「兵書をよく知る古え人がいうのには」（これは仕事も遊びも私生活も皆同じ）

（平成四年秋）

四・落日の多磨墓地に眠る提督たち

一、はじめに

私の住む小金井市の南東、車で十分ほどのところに、百三十万平方メートル（約四十万坪）に及ぶ多磨霊園がある。

大正十二年に、開設されたといわれるこの墓地には、およそ三十万人の人々が埋葬されているときく。

北に武蔵野の大地を擁し、西に多摩川の渓流を配す。また近くに桜の名所武蔵野公園がある。「新宿」から「八王子」への京王線には、「多磨霊園」駅、「武蔵境」からの西武多摩川線には「多磨墓地前」なる小駅があるくらいであるから、この周辺は「城下町」ならぬ「墓地町」をなしている。

もう何年前になるであろうか。真夏の盛り、ゴルフからの帰り道、期友の小倉成美、服部寛、平井幸郎三氏と共に、「井上成美校長」の眠る「井上家之墓」に詣でたことがあるが、各地を転々として来た私は、ここに、吾らが敬慕する井上校長の墓所があることを知らなかったのである。そして、小倉成美兄の父上が、昔時、「井上航海長（淀乗組）」の下で「航海士」を努められた縁もあって、校長の「成美」なるお名前を頂いたということを初めて伺《うかが》った。

そんなことがあって私は、この霊園に特別の関心を抱くようになったのであるが、その後何ヵ月か経ってから、この墓地には、かつての連合艦隊司令長官「東郷平八郎」「山本五十六」「古賀峯一」各提督の墓が同じところに、並んで建っていることを知ったのである。

墓地といっても、ここは四十万坪の広さ、敷地内にバスの停留所があるくらいであるから、車道が縦横に走り、霊園内は正門より入って、一区から二十六区までに区画され、それぞれの墓は、何区・何種・何側に位置するか、その管理と整理が行なわれている。

最近暇の出来た私は、歳のせいか、墓地などを尋ね歩くことに興味を覚えるようになったのであるが、調べて見ると、この墓地には、「一死もって大罪を謝す」の終戦時の陸相「阿南惟幾」氏、「シンガポール」攻略時「イエス」か「ノウ」かと迫った山下奉文大将など、日本の政、官界、教育界を代表する錚々たるメンバーが眠っていることが解った。

全国のクラスの中には「そんなところがあるのか」と思われる方もあるかと思うので、これから「四提督の墓」のことをお伝えする前に、これら著名人の一端を紹介しておきたいと思う。

二、多磨墓地に眠る著名人

霊園の管理事務所から頂いた「著名人墓所リスト」の中には、「井上成美」なるお名前は見当たらない。

井上校長は、井上家の一員として、長兄秀二氏の墓所に埋葬されているので、ここに掲記されなかったのかもしれない。

このリストに挙げられた著名人は、ざっと百三十名に及ぶが、

①内閣総理大臣経験者の中には、元老として重きをなした西園寺公望（以下すべて敬称略）、二・二六事件で凶弾に倒れた時の内大臣斎藤実（兵六期、大将）、高橋是清（蔵相）、当時難を免れた岡田啓介（兵十五期、大将）、天皇から「田中の申すことは解せぬ」と申されたといわれる田中義一、さらには近く、大平正芳などの方々が挙げられる。

②教育者の中には「武士道」を書いたことでも有名な新渡戸稲造、東大総長であった南原繁、慶応義塾の小泉信三、造船学者でもあった平賀譲、東京女子大学学長の安井てつらの名が見える。

③また作家の中では、有島武郎、田山花袋、舟橋聖一、横光利一、菊地寛、吉川英治、三島由紀夫らの名があげられる。

④さらに詩人歌人の中に、与謝野鉄幹、晶子夫妻、北原白秋、南方熊楠、作曲家の中に中山晋平、物理学者に仁科芳雄、朝永振一郎、実業家の中に中島知久平、石坂泰三、経済学者大内兵衛、宗教家内村鑑三、賀川豊彦、栄養学者鈴木梅太郎、さらには時代を風靡した徳富蘇峰、中野正剛、美濃部達吉らの名が見える。

⑤また陸軍の将帥の中には、海相でもあった西郷従道、日露戦役時の児玉源太郎、陸相宇垣一成、首相林銑十郎らの名があげられる。

こう見て来ると、この霊園内には、日本の近代史を彩った多くの著名人、功労者が眠っており、それぞれの墓には、一つ一つ秘められた歴史があり、そこには、かつての「大日本帝国」

の残影が、渦を巻いているということがお解りであろう。

私は、この中を歩いていると、明治、大正、昭和にかけて、あの大戦と激動の中を、滔々として押し寄せる西洋文明を前に、必死に研讃努力し、かつ悪戦苦闘した先人たちの心の叫びが聞こえるような気がするのである。

三、四提督の墓とその思い出

私が初めて、山本連合艦隊司令長官の墓を尋ねたのは、梅にはまだ早い一月の半ばのことであった。

辺りの木々は悄然として人影はなく、落葉の中に、手向けられた花は朽ちていた。私は花も持たずに来たことを恥じながら、墓前に近づいた。

見上げるとそこに大きな墓石があって、「元帥海軍大将正三位大勲位功一級山本五十六墓」とあり、それは国葬をもって遇せられた山本提督にふさわしい立派なものであった。

右手を見ると、墓の隣りに「御沙汰書」なる銘碑があって、これが国葬に際しての陛下から賜わった「追悼のお言葉」であることが解った。

私は墓の扉を無断で開き、中に入ってこのお言葉を、一文字、一文字喰い入るように見詰めた。

これを眺めていると、幼かりし頃の故郷の山河が、そしてあの激しかった大戦の日々が、まるで昨日のことのように甦《よみがえ》ってくる。

私はこのことを、全国のクラスの諸兄に、お伝えしようと思い立ち、その後何回か、多磨墓地を尋ねることになるのであるが、これから述べる思い出の記は、この折のメモを基にした私の感懐の綴りである。私はまず井上校長の墓のことからお伝えしなければならない。

（一）井上成美校長の墓（二二区一・三　昭五〇・一二・一五没）

前にもちょっとふれたが、井上校長は、その遺言によって、長兄秀二氏が建てた「井上家之墓」に埋葬されている。

向かって左手前に「井上成美こゝに眠る」の美しい小さな碑石があって、裏には「伝記刊行会」なる銘が刻まれている。

諸兄も『井上成美伝』で、「これは井上家の墓にして井上成美の墓に非ず」の写真を見られた方も多いと思うが、井上校長は、いわば本家に間借りしているので、この墓には井上提督が、かつて帝国海軍の逸材であったことを示す一切の官歴も肩書きも誌《しる》されていない。

ここを訪れる人は、「こゝに眠る」と誌された「井上成美」なる人が、かつて第四艦隊の司令長官であったり、海軍次官などの要職を歴任したり、ましてや海軍兵学校の校長として、吾々第七十五期生徒の入校式に、「諸子は全国多数の青年中より選ばれて、光栄ある戦闘配置に付くを得たり」の名訓示をされた方とは、誰も知る由もない。井上校長は、サイレントネービーよろしく、一切を語らず、一庶民としてここに眠っているのである。

傍《かたわ》らに「墓誌」があって、「成美　昭和五〇年十二月十五日」「富士子　昭和五二年六月十六日」とあり、当然のことながらここには、三十七歳で亡くなられた先妻の「喜久代」さんの名も、二十九歳の若さで他界された長女「靚子《せいこ》」さんの名も見られない。

私は墓前に額ずいて、井上校長の前半の輝かしい海軍生活、ヨーロッパに学んだ駐在武官時代、海軍大学の学生、教官時代、さらには海軍省軍務局長時代を思い浮かべながら、戦後の苦しかったご生活振りを思い起こしていたのである。

恩給も途絶え、敗戦の失意の中にあった校長のもとへ、病弱の長女「靚子」さんが、五歳になる孫の「研一」さんをつれて帰ってきた。「鳥海」の軍医長であった「靚子」さんの夫「丸田吉人」氏は、昭和十九年十月、比島沖で戦死、悲嘆の余り病状を悪化させた靚子さんは、失意の父を励ますどころか、かえって父親に迷惑をかけなければならなかった。

しかし井上校長は、如何に苦しくとも、一切の不平不満を口にされず、孫の面倒を見ながら、明日をも知れぬ娘の看病を続けたのであった。

そして昭和二十三年十月、「靚子」さんが亡くなって、「研一」さんは丸田家に引き取られた。世が世であれば海軍大将のお嬢さん、丸田吉人氏さえ生きていれば、戦後も医者のご家族として何不自由なき生活を送り得たであろう。

戦後の或る時期、長井の井上校長宅を尋ねたある婦人が、「これがかつて海軍大将といわれた方のご生活か」と、その清貧振りに驚いたといわれているが、私は、この墓を前にして、この悲しい事実を忘れることが出来ない。

また吾々第七十五期が江田島に入校した昭和十八年十二月、これから教官を拝命する大学出身の第三期予備学生に対し、「教育は人を造るに在り、知識の切売り、技術の伝授のみに終始してはならぬ。諸君がこれから教へる学生、生徒、又は練習生は、諸君から教へを受ける学業又は技術を活用して、一死奉公を念願する国家の宝である。（以下中略）諸君はこのことに思いを致し、寸刻を惜しみ、あらゆる機会を逃さず学術技能の進歩を図ると同時に、人格の形成に力を副へてやって貰いたい」と訓示された在りし日の井上校長の姿を忘れることが出来ない。

私はこの校長の墓前に立って、ただただ申し訳ない気持ちで一杯であった。

(二) 山本五十六元帥の墓 (七区特一・二 昭一八・四・一八戦死)

私がふたたび山本元帥の墓を尋ねた折は、墓前に、ワンカップの酒と、火のつけたあとの残る数本のタバコが供えられてあり、旧海軍の方のご好意と嬉しかった。

私は、目礼して墓の扉を開き、中に入った。そして陛下から賜わった「御沙汰書」の一文字一文字を丹念に写し取った。

「沈毅ノ性能ク大任ニ堪ヘ寛宏ノ度 常ニ衆望ヲ負フ身ヲ持スル廉潔人ニ接スル諧和戎事ニ鞅掌シテ心力ヲ航空ニ殫シ軍政ニ参画シテ智術ヲ振武ニ效ス 出テテ水師ヲ督スル善謀予メ彼我ノ勢ヲ審ニシ推断克ク勝敗ノ機ヲ制ス 風行雷動未タ一歳ヲ経サルニ八度ヒ竹帛ノ勲ヲ樹テ鷙搏鵬撃萬里ニ亙リテ兩ナカラ空海ノ権ヲ握ル 戦局ノ方ニ酣ナル將星遽ニ墜ツ壮烈古ヲ曠シクシ軫悼殊ニ深シ 茲ニ侍臣ヲ遣ハシ賻ヲ斎ラシ臨ミ弔セシム」と。

昭和十八年六月五日、山本元帥の国葬の執り行なわれた日、私は何をしていたか記憶にない。翌朝新聞にて、海軍軍楽隊の葬送の隊列儀仗兵が都心街を粛々と進む姿を写真で見たように記憶するが、その際報ぜられたであろう山本元帥の生い立ち、人柄、ご功績、さらには陛下からかようなご沙汰があったという記事を読んだという記憶がまったくない。

思えば当時私は中学の五年生で、勉強机の前に「九軍神」の写真を飾り、将来海軍の軍人になることを決意していたのであるが、それには、真珠湾への出撃に先立ち各隊員たちが、さり気なく故郷に別れを告げに帰るその時の様子を深い感動をもって読んだことが、起因となっている。

両親や先生からそう勧められたわけでもなく、本を沢山読んだわけでもない一少年が、身命を賭して君国に報ずるのが、国民としての最高道徳だと自らの幼き心にいいきかせていたのであるから、若き日の感動というものは本当に凄いものだ。

私はこんなことを思いながら、この碑に刻まれた「寛宏の度」「廉潔」「諧和」なる文字を噛みしめるように見詰めた。

かつて私は、敬愛する期友の「佐藤允」兄から、「和諧は軍隊の血液なり」の一節（海戦要務令）を教えられたことがあるが、山本元帥の度量の大きさ、情愛の深さ、利に対する潔癖さ、そして集団内の調和の取り方、さらには物を見る目の正しさ、決断力と指導力、これらはまさに、凡人の遠く及ばないところであったといわれている。

実は、山本元帥の本当の姿を知ったのは、「阿川弘之」氏の書かれた「山本五十六」が出てからのことであるが、私が特に、山本元帥に限りなき親しみを覚えるのは、元帥が並み外れて「賭け事」が好きで、折々にはその道にも出入りし、かつまた戦死した部下の霊前に立って、人前を憚《はばか》らず号泣したという、その人間味溢れるお姿ゆえである。

一とせを省みすれば　亡き友の
　数へがたくも　なりにけるかな

これは、元帥が南太平洋に在った昭和十八年、戦死した部下達を思い、かつ遙か祖国のご遺族を想いつつ詠んだ歌である。

私はこの歌を頭に浮かべながら、「鷙搏鵬撃」萬里に亙った在りし日の「赤城」「加賀」、銑弾を浴びせながら舞い躍った零戦、海面すれすれに肉迫して行った雷撃隊、そして遂に祖国の土を踏むことのなかった勇士たちに思いを馳せていたのである。

それにしても山本元帥は、何故あそこまで危険を冒して足を伸ばしたのであろうか。ふと私は、「部下思いで、情に脆《もろ》い長官は、あるいは部下たちと同じ場所で死ぬつもりでラバウルを飛び立ったのではないか」と。だが、私は即座にこれを否定した。「いや、そんなことはない。あの折、長官は、国の命運を背負っていたのだから」と。そして瞬時に、私の思いは元帥の生まれ故郷「長岡」に飛んだ。

かつて私は仕事の帰り道、長岡に降りて、「山本公園」を訪ねたことがあるが、その折、これが世界に名だたる山本提督の故郷、「生家」かと、何か悲しい思に駆られたことがある。がしかし、ふと立ち寄った飲み屋の〝おかみさん〟が、

「長岡には自慢できるものが三つあります。一つは幕末の河合継之助、二つは海軍の山本司令長官、三つ目は田中角栄先生です」と。私は、名もなきこの婦人が、山本五十六大将の名をあげてくれたことが、無性に嬉しく、酒を何本も頼んだ。

帰路、車窓を眺めながら、人間の器量の大きさというものは、生まれた家の大小ではなく、所詮はその家に流れる血液、精神文化の高さにある、と自らにいいきかせたことを覚えている。

ふと墓の隣りに目をやると「墓誌」があって、「禮子　昭和四七年五月五日没七七歳」とあった。山本元帥が戦死されたあと、二十九年間、妻禮子さんのご心労もさぞ大変であったであろう。国事に奔走して家庭を省みなかった山本元帥のその陰で、一家を支えてきた禮子さん。あの大戦も、そして戦後の復興も、実はこれら妻達の陰の貢献があったればこそ。私は静かに「経済大国日本の強さは裏を返せば、これら母親たちの強さなのだ」と心の中でつぶやいた。

だがそこには、山本五十六元帥を慕った佐世保「東郷」の女将「鶴島正子」さんや、新橋の「河合千代子」さんの哀しい人生が、あわせて瞼に浮かんでくる。

戦陣の折々に、河合千代子さんに書き送られた人間山本五十六の手紙を知ったのは、戦後も相当経ってからのことであるが、私はこの中に山本五十六の真情を見たのである。

「軫悼殊に深し」他の碑銘には見られないこの陛下のお言葉の中に、私は山本元帥に寄せる陛下のご信任の厚さと、その死を悼むお気持ちを、ひしひしと感じ取ったのであった。

(三) 東郷平八郎元帥の墓（七区特一・一　昭九・五・三〇没）

隣りに目を転ずると、「元帥海軍大将侯爵　東郷平八郎墓」の碑銘が目に入った。他の碑石に比し、何か歴史の重みを感じさせる。墓前に美しい花が供えられてあって、手前に「東郷元帥五十周年参拝記念、戦艦武蔵会」なる木札が立てられてあった。墓の右手に「御沙汰書」なる銘碑があって、これは次の通り読み取れた。

「至誠神ニ通シテ成敗ノ先機ヲ制シ沈勇事ニ臨ミテ安危ノ大局ヲ決ス　身国難ニ当リ功海戦ニ崇シ　朕ノ東宮ニ在ル羽翼是レ頼リ卿ノ三朝ニ仕フル股肱是レ効ス　徳望城中ニ充チ声華海外ニ溢ル　洵ニコレ武臣ノ典型実ニ邦家ノ柱石タリ　遂ニ溘亡ヲキク曷ソ軫悼ニ勝ヘム　茲ニ侍臣ヲ遣ハシ賻ヲ斎ラシ以テ弔セシム」と。

今私は、この碑銘を前にして、維新以来、約三十年にして世界の列強に匹敵する大海軍を創設、整備された祖父たちの偉業を想わざるを得ない。

もし、あの「日本海海戦」が五分五分の戦いに終わり、多くのバルチック艦隊がウラジオストックに入り得たとすれば、その後の日本の運命は果たしてどうなっていたであろうか。当時バルチック艦隊が、どの進路を取り、どうウラジオに入るか、そして日本の連合艦隊がどこで待機し、これをどう迎え打つか。これは世界注視の的であり、日本にとってはまさに国家の存亡をかけた重大事であったのである。

東郷元帥は、よく「沈勇事に臨みて安危の大局を決す」ロシア艦隊は最短航路をとって、かならず「対馬海峡」に来ると決断したのである。そして日本海海戦は、世界海戦史上、類例を見ない日本海軍の圧倒的勝利に終わった。

その理由は色々あるでありましょう。しかし私は、当時の日本海軍が、「艦長」の目の動きで、配下の将兵が手足の動くが如くに訓練され、上下互いにすべてのことを知り合い、お互いがお互いを信頼し合っていたという事実を見逃すことが出来ない。

さらに時の海軍大臣山本権兵衛、軍令部長伊東祐亨、連合艦隊司令長官東郷平八郎この三者の連携、作戦指導、さらには内外、関係部局への根廻しなど、実に見事であったといわなければならない。

「バルチック艦隊を迎え打つに当たって、山本権兵衛は、「東郷どん、あとのことは心配するな。艦《ふね》の半分は沈ませても、ロシアの艦隊は一隻たりともウラジオへは入れぬな」といわれたそうである。

そのとき日本海軍は、戦艦の半分が沈んでも、外国へ発注したり、国内で起工したり、その補充の手配がすでに出来ていたという。今次対戦時におけるこれら三首脳の信頼関係、ならびに事後対策は、果たしてどうであったであろうか。

「空母の四隻は、日本海軍にとってかけがえのないものだ。これを無事に帰還させなければ申し訳がない」

これが現実の日本の国力であり、各提督の悲壮の決意でもあったのである。これに反し、

「敵艦見ゆとの警報に接し連合艦隊は直ちに出動これを撃滅せんとす　本日天気晴朗なれど波高し」

この歴史的名電文は、私には、まるで隣りのグラウンドに野球の試合にでも出かけるような気軽さと明るさ、そして敵を前にしての自信と勇気が漲《みなぎ》っているように響く。これは、血の滲《にじ》むような訓練の裏付けなくしては発せられるものでなく、かつまた一朝一夕に培われるものでもない。

山本権兵衛は「陛下の艦を沈ませては」などとはいわなかったが、日本海軍の隅々までを知りつくし、何をどうすべきか完璧な手が打たれていたのである。

（こういうと、何か今次大戦時の首脳部に、手抜かりがあったようにも聞こえるが、背景も時代も、相手も技術も、そしてその規模も、まったく趣を異にするので、この点ご了承願いたい。ただ私にいわせれば、明治の人たちは、少年時代を戦乱の中で生き、戦いの何たるかを肌に感じて知っていたのではないか。それは一つには武士道の差とでもいうべきものであろうか）

私は勝手にこんなことを追想しながら、「実に邦家の柱石たり」のお言葉は、東郷元帥に対する追悼の辞であると同時に、山本権兵衛を初めとする「帝国海軍」への天皇の信任のお言葉でもあると受け止めて、この銘碑から目を離した。

そこには、元帥の妻「東郷テツ子」さんの墓が、小さく寄り沿うように建ってあった。

(四) 古賀峯一元帥の墓 (七区特一・三　昭一九・三・三一戦死)

山本五十六元帥の隣りに、生け垣一つ隔てて古賀峯一元帥の墓がある。「古賀峯一墓」「古賀八重墓」とあり、碑銘には公人としての肩書が刻まれていない。九州佐賀の宗派によるのであろうか、元帥の墓のみは丸く、五輪の塔型をなしている。向かって右側に同郷の秀島成忠氏(兵十三期、少将)が書かれたと誌された碑文があって、「元帥は明治十八年鉄六の長子として、佐賀県有田町に生まれ、資性沈毅、才学群を抜き夙《つと》に海軍に入り、軍令、軍政の要職を歴任して至る処令名あり、戦功により再度金鵄勲章を賜わる」と(以下中略)。さらに「昭和十八年太平洋戦争酣なる秋連合艦隊司令長官の重責を負い、挺身難局打開に努めるも、昭和十九年三月三十一日、飛行機に搭乗作戦指導中南溟の上空にて戦死す。享年六十」とあった。

陛下から賜わった「御沙汰書」は、右の墓誌の上に刻まれてあって、「右ご沙汰あらせらる」と、誌されてある。

「信念ヲ沈勇ニ蔵シ感激ヲ高義ニ発ス入リテハ則チ軍令ニ参画シ出テハ則チ水師ヲ提督シ功績夙ニ著シ威武惟揚ル　ソノ聯合艦隊ノ長タル善ク深籌ヲ守勝ニ運ラシ屢奇勲ヲ進攻ニ収ム　戦機今ヤ熟セントシテ遂に殉職ヲ聞ク軫悼曷ゾ勝ヘム　宣シク使ヲ遣ハシ賻ヲ賜ヒ以テ弔慰スベシ」と。

私は当時、古賀元帥がどのような状況の中で殉職され、その事実をいつ知ったか、はっきりした記憶がない。

思えば昭和十九年三月といえば、吾らが敬愛する鬼の一号生徒、第七十三期を送り出したばかりであり、それまで優しそうに見えた第七十四期生徒が突然、「貴様らは……」の怒声に変身した頃であったから、生徒館の生活も何かと慌《あわ》ただしかった。

しかし、いつしかこの事実を知った私たちは、相次ぐ連合艦隊司令長官の死をただならぬものと、異様に感じ取った。

今この碑銘を読みながら、「そうか、あの時すでに帝国海軍は守勝を運《めぐ》らしていたのか」と。そして、「しばしば奇勲を進攻に収む」の戦績が思い出せなかった。

正直いって私は、初戦時の山本連合艦隊司令長官の印象が余りに強烈であっただけに、古賀元帥に対する思い出は、何か貧しい。それは、一つには「生徒には余計なことは知らせるな」の教育方針があったからかもしれない。

ただ間違ったことが嫌いで、「国賊にも等しい」などと上層部を批判した井上校長も、古賀元帥に対しては何か畏敬の念を抱き、一目置くところがあったことを思えば、古賀元帥の人物、識見、その指導力は、連合艦隊の長たるにふさわしい器量の持ち主であったに違いない。ただ「人間山本五十六」に見られるが如き逸話や艶聞などはまったくなく、物静かで、透徹せる頭脳の「知将」であったような印象が拭いきれない。

しかし、今ここに「信念を沈勇に蔵し、感激を高義に発す」のお言葉を見ていると、元帥は信念の人であったと同時に、大義とあらばいつでも死を辞せぬ感激の人でもあったのであろう。そこに私は、葉隠武士の面影を見、古賀元帥も、帝国存亡の岐路にあって、さぞ辛かったであろうと思ったのである。

真っ赤な太陽が沈んでいく、あの南洋の島影に、元帥の乗った飛行機が突っ込んでいく。私は、こんな情景を頭に画きながら、「長官、あんなに心配された祖国日本は今、こんなに繁栄しましたよ」と、語りかけたい衝動に駆られた。

四、結びに代えて

クラスの諸兄には、江田島で別れて以来四十七年、あの混乱と激動の中で、まさに波瀾万丈の生活を送られて来たであろう。多くの期友はおそらく、人にはいえない苦難の道を歩んで来たに違いない。しかし吾々は、良きにつけ、悪しきにつけ、帝国海軍の面影を背負いながら、それぞれの道でやれるだけのことはやって来た。たとえどんなに遊んでいても、あるいは酒に溺れることがあったにしても、そこにはかならず、「こんなことでは、死んで行った先輩たちに申し訳がない」の共通の言葉があった。

今これらの墓銘を前にして、諸兄の感懐もまた一入《ひとしお》のことであろう。最後に私は、このレポートを書くために、何回か多磨墓地を尋ねた折の、或る冬の日のことを次に記して結びに代えたいと思う。

私は多磨墓地に来て、碑文をメモしながら何時間佇《たたず》んでいたことか。ふと気がつくと、全身が冷えて足の先が痛い。私は最後に、もう一度山本元帥の墓に近寄り、黙礼してその場を去った。道路に出ると、松の枝間に落日の太陽が鈍く光っている。何か私には「人間山本五十六」の「独り言」が聞こえるような気がした。

「おい古賀君、東郷元帥のそばは堅苦しくていかん、君も俺もこんなところに建てられてしまって、ちょっと出かけようにも不便でかなわん。井上も近くに住んでいるそうじゃないか、みんなで一杯やらんか」と。

だが、山本五十六大将の目は、何か哀しく北国に生きる同郷の人々や、遠く彼方に、潔よく散って行った多くの部下たちを想い、そして日本の将来を、じーっと見詰めているように見えたのである。

私はとぼとぼ歩きながら、「天上影は替らねど、栄枯は移る世の姿」あの土井晩翠の詩を口ずさみながら、在りし日の江田湾に浮かぶ生徒館、そして影紫にかすむ能美島を思い出していたのである。

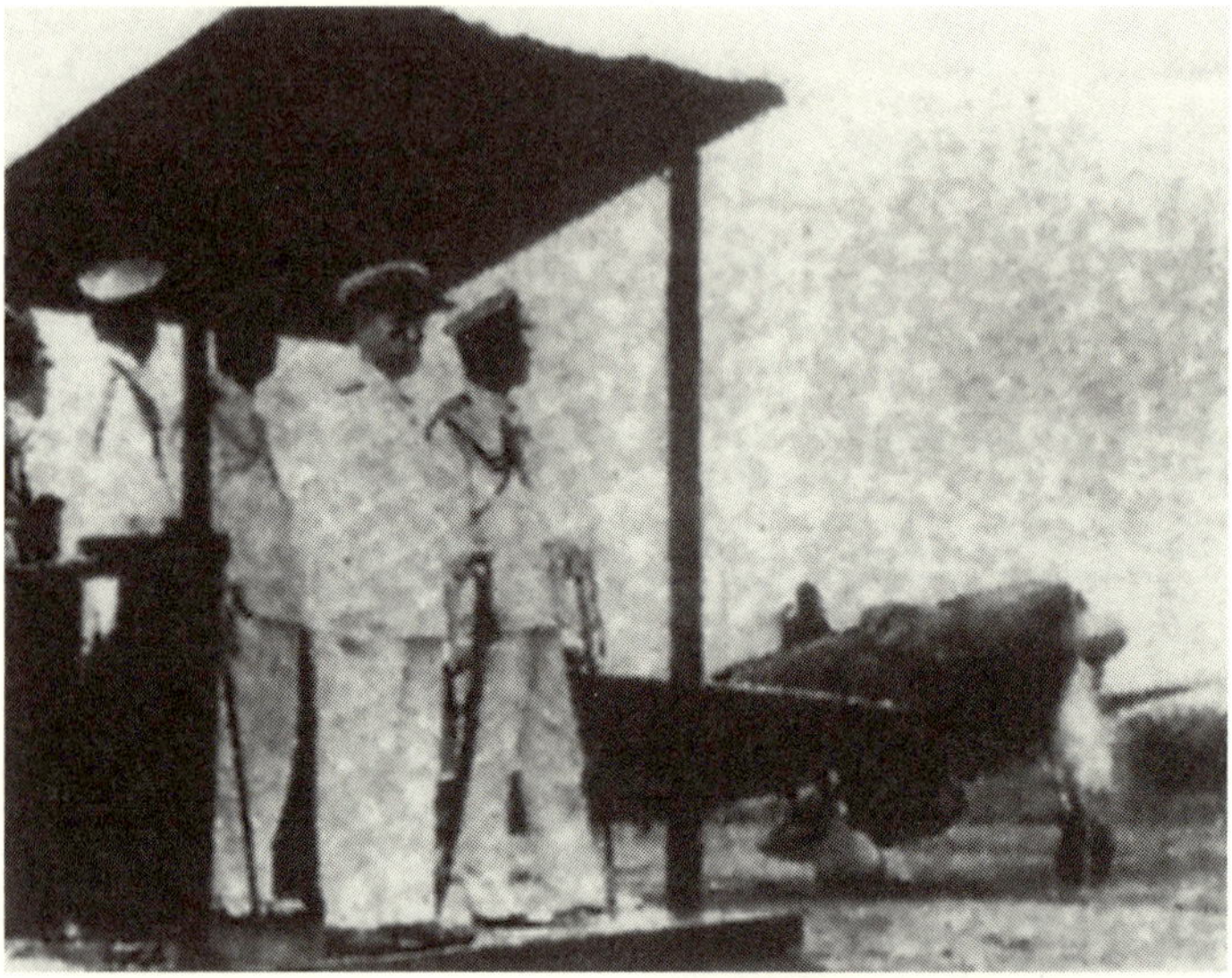

ラバウル基地で指揮をとる山本五十六連合艦隊司令長官（昭和18年4月）。多磨基地に眠る山本五十六元帥の墓

五．回想ミッドウェー海戦と孫子の兵法

一、痛恨ミッドウェーへの路

昭和十七年六月五日は、忘れ得ぬ日である。

それは、あれほど精強を誇った日本連合艦隊の主力、第一航空戦隊の「赤城」「加賀」、第二航空戦隊の「蒼龍」「飛龍」が、ミッドウェー島の北西約二百浬の海域において、その搭載機二百八十五機と共に壊滅した日だからである。

戦後、実戦に参加したこともない評論家や文士たちが、思い思いに筆をつらね、「帝国海軍の慢心」「作戦判断のミス」、さらには「素敵機の遅れ」「暗号文の解読」など、様々な要因をあげて、「連合艦隊は敗れるべくして敗れた」と、得意げに論評しているのを見るにつけ、かつて帝国海軍に身を置いた者の一人として、まさに憤懣やる方なく、この作戦に参加した将兵の胸中を思うこと、また切なるものがある。

結果的に見れば、作戦行動の命脈ともいうべき日本側の指令電文が、アメリカ側に解読され

ていたのでは、いかに精鋭を誇る機動部隊といえども苦戦は免《まぬか》れず、勝敗の帰趨も推して知るべしというべきであったであろう。ただ、この作戦に参加した将兵は、いずれ劣らぬ俊英、勇者揃いであり、迫り来るアメリカ機をバタバタと落とし、個々の戦闘では勝ちに勝っていたのであるが、これら零戦のパイロットたちが、帰るべき母艦を失い海面に不時着しつつ、炎上する空母を、どんな気持ちで眺めていたであろうと思うとき、まさに断腸の思いがするのである。

私はかつて「赤城」の砲術長としてこの作戦に参加され、誘爆時の激震にて体ごと海中に放り出され九死に一生を得た、故仲繁雄中佐（兵五十二期、当時分隊監事）から、当時の模様を伺った記憶があるが、ミッドウェーに向かう機動部隊は、ガス混じりの風雨と激浪に晒されて、相当難渋したらしい。

単冠湾《ヒトカップ》から真珠湾への路、その長い緊張の連続、そしてインド洋作戦、やっと内地に帰ったら今度はミッドウェー作戦。いかに勇猛聞こえし将兵とはいえ、さぞ疲れも残っていたことであろう。

ミッドウェー島は柱島から約二千五百浬、真珠湾の攻撃隊長淵田中佐は「盲腸炎」の手術で「赤城」の病室に在り、「利根」搭乗員の中に腹痛者あり、連戦連夜の疲れが、機動部隊の将兵に何か「けだるい」ものを感じさせていたとしても不思議ではない。

不謹慎なたとえであるが、「麻雀」でも「碁」でも、あるいは「野球の試合」でも、睡眠不足で神経が疲れている時はとんでもない「ミス」を犯す。実は、この疲れが微妙な戦闘場面において些細なミスを誘発し、これがまた戦局を左右するような重大判断ミスにつながっていく。「事の成敗はかならず小より生ず」といわれているが、ミッドウェーに向かう機動部隊には、何かこの不吉な予感がしたのである。

かくしてミッドウェー海戦は、不運にも多くのミスと悪条件が重なり、予想だにしなかった大惨事を招く結果となってしまったのであるが、帝国海軍にとっては、かえすがえすも残念であり、痛恨の極みであったのである。本年は、この悪夢のような日から数えて、四十九年目に当たる。

私は自らを省みず、ここにミッドウェー海戦を回想し、その中から何を学ぶべきかを明らかにしようと思うのであるが、その前に、「孫子」の兵法を概観しておかなければならない。

二、概観「孫子の兵法」

申すまでもなく孫子は、「武経七書」の中の最も代表的なものであるが、中国の春秋戦国時代に書かれたものと言われている。巷間伝えられるものは、これを底本として「魏」の「曹操」が注釈を施した「魏武注孫子」十三篇よりなる。

武田信玄が掲げた「風林火山」の旗印、「その疾《はや》きこと風の如く、その徐《しず》かなること林の如く……」は余りにも有名であるが、実はこの後に続く「知り難きこと陰《かげ》の如く、動くこと雷《いかづち》の震うが如し」の方は余り知られていない。

「彼を知り己を知らば百戦して殆《あや》ふからず」は孫子を代表する名言であるが、これを知らない人はほとんどいない。しかし、なんと言っても、孫子のもっとも有名な名句は、「兵は国の大事、死生の地、存亡の道なり、察せざるべからざるなり、故に、これを経《はか》るに五事をもってし、これを較《くら》ぶるに計をもってして、その情を索《もとむ》るなり」の一節であろう。

㈠　五事七情と廟算《びょうさん》

これが有名な「計篇」の書き出し、「五事七情」と言われるものである。五事とは、

①道（政道・まつりごと）
②天（天候、気象条件）
③地（距離、広さ、険阻など地理的条件）
④将（将軍の力量、人物）
⑤法（軍の編成、組織、令則など）

の五つをさし、七情とは、

①どちらの君主の方が人心を得ているか
②どちらの将軍の方が有能か
③どちらの方が天の時地の利を得ているか
④法令はどちらの方が徹底しているか
⑤兵士はどちらの方が強いか
⑥訓練はどちらの方が行き届いているか
⑦賞罰はどちらの方が公平厳正か

の七つをいう。

孫子は、「兵は詭道《きどう》なり已むを得ずしてこれを用ふ」といい、これを用いるには、この「五事七情」を分析して、両者の優劣、利害得失を知り、これを「廟議」して決すと述べている。

これがいわゆる、孫子にいう「廟算」であり、准南子《えなんじ》の兵略論、「凡そ兵を用いる者は、必ずまず自ら廟算す、而して計りごとを、廟堂（政務を司る所）の上に運《めぐ》らして勝ちを千里の外

に決す」からとったものらしい。

なお、具体的に兵を作《おこ》すに当たっては、①度（戦場の広さと距離）②量（動員する物資の量）③数（兵員・武器の数）④称（戦力の比較）⑤勝（勝敗の予測）の五要素を吟味して、勝てることを確認してから、兵を進めるとも言っている。

これが「勝兵は勝ちて後に戦いを求め、敗兵は闘いて後に勝ちを求む」の名言となっている。以上を概観して孫子の兵法を簡潔に述べれば、①廟算して勝あり、②謀攻して戦いの可否、利害得失を知り、③形、勢、吾に利あることを確認し、④而して兵を作《おこ》し、⑤虚、実、運用よろしきを得て、⑥敵に勝つの術《すべ》なり、ということが出来よう。

㈡ 現代に生きる孫子

ただ、孫子の書かれた時代は、今から約二千三百年前（推定）、丘器も戦闘様式も、政治も経済も、そしてまた国際環境も、現代とは余りに懸隔があるので、これを無定見に読むことは危険かもしれない。しかし孫子は、机上の空論でもなければ、学者の研究論文でもない。

それは、戦国乱世の代を、自ら闘いながら生き抜いた一人の思想家が、人間の深奥に潜む「心情意」を洞察し、かつ体験しながら、書き残した人生の「生死にかかわる哲学書」とこれを見れば、そこには、時代を超越した学ぶべき多くのことが含まれていることに気がつく。今日、経営の任に当たる多くのビジネスマンに愛読されているのは、実はこの辺りに理由があるかもしれない。

だが現実の企業戦略、あるいは作戦行動となると、敵を知り、己を知り、虚、実、運用よろしきを得ればかならず勝てるか、となるとかならずしもそうはいかないのである。そこには、人知に測り知れない多くのファクターが輻輳作用するからであり、ここに戦争の難しさと不思議さがある。

「微なるかな、微なるかな無形に至る」とか、「その成と敗とは皆神勢による、これを得る者は昌《さか》え、これを失う者は亡ぶ」とか言われているが、これか真実の姿であろうか。

三、孫子のいう廟算と今次大戦への道

以上、孫子を概観したついでに、対米開戦を決意した当時の指導者の胸中を察してみよう。資源を持たない島国日本が、石油の大半を海外に依存しながら、米、英、蘭、支と戦うというのであるから、それは並み大抵の決断でできるものではない。アメリカの国力と工業生産力をつぶさに知っていた山本連合艦隊司令長官は、持てる兵力、戦術、その技倆において、かなりの自信はあったにしても、近衛公の諮問に対し、「吾に勝算あり」とはとうてい言えなかったであろう。

かつての大日本帝国の廟算は、天皇の名において大本営（参謀本部、軍令部）がこれを掌理し、廟議は内閣によって、「御前会議」で決せられた。この議に列する日本の指導者の胸中は、おそらく桶狭間に向かう「信長」の心情であったに違いない。

中国大陸と太平洋、その広さと距離、投入する兵力と補給路、兵器、弾薬、戦略物資生産力と鉱物資源、いずれをとって見ても、開戦への苦悩は察するに余りあるものがあったのである。若手の参謀の中には、軍の力を過信し、「為せば為る」の気概に燃えていた者もいるが、多くの指導者たちは、廟算に見込みなきを憂えていたのである。

しかし、日本は、たとえ廟算に見込みなしとしても、明治以来、営々として築いてきた先輩たちの「施策と遺産」を、すべてかなぐり捨てるわけにはいかなかったのである。そして日本は、東亜の盟主として「決然立って、一切の障害を破砕するの已むなきに至った」のであり、いわんや領土的野心や他民族国家を抑圧するなどの意図的計画など、まったくなかったということができる。

戦後、「侵略の謀議に参画し」のいやな言葉を聞かされてきたが、たとえ当時の指導者たちが、孫子にいう謀攻を運《めぐ》らしたとしても、それは一つの国策に沿った国民としての義務であり、指導者としての使命であったといわなければならない。

当時あのような国際環境の中で、アメリカの要求を無条件で受け容れることは、日本武士道がこれを許さなかったのであり、国家としての名誉が、これを拒否したのである。

日清、日露の戦役を通し、勝ち取った日本の大陸における権益と施策が、他民族国家の反発をかったとしても、これらは、米英によって掣肘《せいちゅう》を加えられる筋合いのものではない。

ただ米英にとっては、アジアにおける日本の勢力が飛躍的に拡大し、大東亜に新秩序を建設すると豪語する日本軍部に多くの脅威を感じ、いかにしてこれを排除するかに、苦心と謀攻があったことであろう。この意味では、今次大戦はあのとき仮に避け得たとしても、いずれは国家として、受けねばならぬ「試練の道」であったといえるかもしれない。

四、回想ミッドウェー海戦

かくして日本は、太平洋を挟んで、米国と戦端を開くに至ったのであるが、開戦以来、連戦連勝の勢いにあった連合艦隊は、初めてミッドウェーにおいて、大打撃を受けることになった。実は、この海戦こそ彼我の航空戦力を逆転させ、今次大戦の行方を、大きく左右するに至った「ターニングポイント」となったのであるが、この闘いほど「情報通信戦」の重大さを痛感させた闘いはない。

(一) 戦術と情報

孫子に、多くを学んだといわれる「武田信玄」は、その軍法の中で、敵を「強敵」「大敵」「小敵」「弱敵」の五種類に分かち、それぞれの敵に応じて、作戦計画を立てよと説いているが、さらに名将の率いる軍と戦う時は、相手の戦法と「逆の手を打つ」とも述べている。

連合艦隊は第一段作戦が、余りに順調に推移したので、この敵の「見定め方」に、誤りを犯したかもしれない。

また信玄は、その用兵の術の中で、

①挑発してみて相手の戦力を打診する
②相手の準備が整わない前、あるいは行軍の途中を攻撃する
③待ち伏せ、奇襲攻撃をかける
④間諜を有効に使う
⑤相手方の作戦、情報を押さえてこちら側の作戦を練る

の五点を、「戦術の基本」として配下武将に指示したといわれているが、進攻作戦をとった日本軍は、これらの教訓を活かしきれず、かえってアメリカ軍に逆用されてしまったのである。

空母対空母決戦の勝敗は、その索敵の成否にかかると言われているが、アメリカ軍は、日本

機動部隊はこの方面からかならず来るとの「確信」に立って、索敵を開始しているのに対し、日本側は、来るか来ないか予想されない状況の中で、七方向に向かって索敵に飛び立っている。しかもその日は雲が多く、視界も悪かったという。

また一方、アメリカ機動艦隊を把握すべき日本の潜水艦部隊が、荒天に妨《さまた》げられて、予定日時までに所定海域に到達できず、相手側の事前情報が押さえられなかったことも実に大きい。

またさらに、残念なことに、真珠湾付近の交信電波の乱れから、軍令部が「敵機動部隊に不穏の形跡あり、警戒を要す」の訓令を発したが、マストの低い「赤城」には届かず、無線封止を厳守した「大和」からも、これが転送されなかったという。

(二) 状況判断

① 連合艦隊は、ミッドウェー作戦を進めるに当たって、アメリカの空母部隊は今回の作戦には間に合わないと、判断したようであるが、それは一ヵ月前に行なわれた「珊瑚海海戦」において、空母「レキシントン」撃沈、「ヨークタウン」大破の大損害を与えており、残る空母「ホーネット」と「エンタープライズ」は南太平洋にあることを、日本の偵察機が確認していたからである。その後、この二隻を含めたアメリカ機動部隊は直ちに反転し、急遽、真珠湾に帰投するのであるが、なぜかこの情報は、連合艦隊の中枢に届かなかったのである。

② 第一次攻撃隊長友永大尉から「第二次攻撃の要ありと認む」の入電に接した南雲艦隊は、雷装待機中の四十三機の艦攻に、陸用爆弾への転装を命じた。が、さらに「敵艦らしきもの十隻見ゆ」の報に接し、今度は爆装中の艦攻に、雷装への再転換を命ずることになった。

これが後に、「運命の五分間」、まさに発艦せんとする攻撃機の真中に直撃弾を受け、つぎつぎと誘爆し、手の施しようなき状況に陥る要因となったのであるが、それは「敵艦の位置、ミッドウェー島北西二百四十浬」と伝えて来た索敵の誤認（実際は百五十浬であった）が、この緊急措置を狂わせてしまったのである。

③「飛龍」の山口司令長官から、「直ちに発進の要ありと認む」の意見具申が「赤城」に伝えられたが、草鹿参謀長は、「長官、ここは正攻法でいきましょう」と、「飛龍」の早期発艦を認めず、艦攻に戦闘機をつけてやることを進言した。

つぎつぎと来襲するアメリカ機が、戦闘機の護衛なしで、バタバタと零戦の餌食になっている姿を見ていた南雲長官は「うむ」とうなずき、戦闘機なしでは、愛する部下を死地に追いやるようなものだ、と判断したようである。

しかし、この温情がかえって、戦局全般の機を失する結果ともなったのである。

思うに、以上三ケースにおける状況判断は、それぞれの場面、場面において、いずれも已むを得ぬものであったと思うのであるが、これらが、正当な結果を招来するためには、その裏付けとなる情報が、正しく押さえられ、機を失することなく伝達されて、初めて正しく機能すると言わなければならない。

この意味ではミッドウェー海戦は、不運にも、多くの点でミスと齟齬があり、戦う前から「情報通信戦」に敗れていたと言っても、過言ではない。

五、孫子に学ぶミッドウェーの教訓

敗軍の将、兵を語らず、というが、山本長官や南雲長官が、もし生きていたとしたら長官たちは、ミッドウェーをいかに回想したであろうか。

まず第一に「もう少し突っ込んで、敵情を押さえておけば良かった」と言われたに違いない。そしておそらく、口には出さなかったであろうが、孫子の次の言葉を思い出していたかもしれない。

㈠　将は軍に在っては、君命に受けざる処あり。（作戦）〈（　）内は孫子の篇名〉

㈡　将能にして御せざるものは勝つ。（謀攻）

かつて司馬遼太郎氏は、「統帥権の独立」が国家を滅ぼしたといっていたが、孫子は脆道を用いるか否かの判断は国政の最高首脳に任せ、一度び戦争と決まったら、「君側」があれこれ「将」を指図することは差し控えるべきだと言っている。

中央の軍令部は、天皇、内閣、陸軍中央との関連を調整し、国の基本国策と外交戦略に重点を置き、個々の作戦指導は、山本連合艦隊司令長官に任せていたとしたら、太平洋の戦局は、いかに展開したであろうか。当時を回想して、艦隊側と軍令部との間にはかなりの意見の相違があり、これが調整に多くの無駄な時間を浪費したという。

㈢　戦いを善くする者は不敗の地に立ちて、而して敵の敗を失わざるなり。（形）

地上戦を前提とした孫子は地の利を非常に重視した。しかし、洋上決戦においても、いかなる戦闘態勢をとるかは極めて重要である。アメリカ機動部隊は、ミッドウェー島と日本機動部隊との間に挟まれる形での戦いを避け、大きく北寄りに位置して、背後から日本空母を奇襲しようと、計画を練っていたといわれているが、上陸作戦を併用した日本機動部隊は、いかに安全に、効率よく攻略部隊を上陸させるかに、気を取られていたので、アメリカ軍のこの意図を見抜けなかった。

㈣　凡そ戦いを善くする者は正をもって合し、奇をもって勝つ、奇正の変はあげて窮むべからず。（虚実）

日本軍は、アリューシャン作戦とも呼応し、攻略部隊と機動部隊を、別個の場所、日時から発動させて、敵の目を暗ましつつ、ミッドウェーに迫ったのであるが、この奇をもって勝つの「奇襲攻撃」は成功とは言えなかった。これが「第二次攻撃の要ありと認む」の入電となり、兵装転換となって、後に混乱と大惨事を招く結果となったのであるが、連合艦隊は、無念にも「計は不識なるをもって最善とす」の孫子の戒めを、頭初から失っていたのである。

㈤　兵を作《な》すのことは敵の意を順祥（精密に把握する）するにあり。（九変）

日本機動部隊は最後まで、敵の全容を把握し切れなかったようであるが、アメリカ軍は、近藤信竹中将率いる攻略部隊を発見した味方偵察機に対し、「それは敵の主力に非ず機動部隊は別におるはずだ」と指示し、別の索敵機が「敵空母三隻見ゆ」との報告に対し、「空母は四隻ではないか」と指令したという。戦後の記録には、それなりの誇張はあるにしても、敵を知るにこれだけの差があれば、南雲機動部隊の苦戦は已むを得なかったかもしれない。

㈥　迂をもって直となし患をもって利となす。（軍事）

これが有名な「迂直の計」の一節であるが、南太平洋にいるはずの「ホーネット」と「エンタープライズ」は、全速力で真珠湾に帰投し、再起不能と見られた「ヨークタウン」は、僅か二日で大工事を完了し、修繕作業員を乗せたまま、真珠湾を出航したという。

また戦闘機を付けずに、バタバタと落とされながらも執拗に波状攻撃を繰り返し、零戦の目を低空に引きつけておいたことが、僅かの急降下爆撃を成功させた要因であり、これらは、いずれも迂をもって直となし、患をもって利となした実例かもしれない。

(七) 天を知り地を知れば勝ち則ち窮まらず。(地)

海路二千五十浬、荒天の中を進む日本機動部隊には、たしかに天の時も、地の利もなかった。これに反しアメリカ軍は、真珠湾から約一千浬、しかも海底ケーブルによる傍受されない通信網があった。

六月の気象条件も日本側に不利に作用した。雲が多くて索敵も思うにまかせず、所定日時までに配置につくべき日本の潜水艦が、大幅に遅れ、所定海域に到達した時は、すでにアメリカ艦隊が通過した後だったという。

(八) その来らざることを恃《たの》むことなく吾にもって待つあることを恃むなり。(九変)

帝国海軍は、その建軍以来、敵の来らざることを恃んだことはなく、常に待つあることを自負し、日夜猛訓練に励んで来たのであるが、洋上決戦に満を持した空母の主力を陸上攻撃に使用し、不覚にも敵空母の来らざることを予想して、この作戦を進めてしまったのである。

「赤城」「加賀」火災の報に接した「大和」艦橋上の参謀の顔色がさっと変わったという。

(九) 兵は詭道なり已むを得ずしてこれを用ふ、将は静を持して幽玄、公を持して整なり、進んで名を求めず退いて罪を避けず。(計)

ミッドウェーに向かった将軍たちは、いずれも知将、勇将ばかりであり、その面影はまさに右の通りであったであろう。

だが惜しむらくは、その「勝」を急ぎ、敗れることを予想していなかったのである。

以上、孫子の概要と海戦の状況を概観してきたが、それぞれの格言が、日本軍よりむしろ、アメリカ軍に多く当て嵌《は》まることに驚く。もちろんここにあげた格言は、孫子の中の一部にしか過ぎないが、当時作戦を指揮した参謀たちは、これらのことは十分承知していたのである。

しかし戦いというものは、如何に智略に秀れた参謀を擁し、百戦練磨の勇士を備えたとしても、天の時地の利を得なければ、勝てない時は、勝てないものなのである。

因みに近代戦は、余りに様相が異なるので、視角を変えて、大きく物を見る必要があることは申すまでもない。

六、結びに代えて

(一) 長官たちの最後

焰と煙に渦巻く「赤城」の艦橋に呆然と立ちつくす南雲司令長官、死を決意した長官の前に進み出た艦長の青木大佐は、「長官、赤城には艦長の私が残ります。機動部隊には、いまだ飛龍が残っております。水雷戦隊も健在です。どうか作戦を続行して下さい」と言われた由である。

長官の瞳が一瞬、さっと輝いた。水雷戦隊による夜間雷撃は、南雲長官が生涯をかけて研鑽努力した専門分野でもある。そして長官は、「そうだ夜戦に持ち込めば、雷撃戦という手もある」と決意し、駆逐艦「野分」に移乗したのである。

また孤軍奮闘していた「飛龍」も、その後、被弾誘爆し、総員退去のあと駆逐艦「巻雲」の放った二本の魚雷によって沈められた。勇猛たりし山口多聞司令長官と加来止男艦長は、自らをロープでしっかりと艦橋に縛りつけ、艦と運命を共にした。

一方、第一次攻撃隊の隊長友永丈市大尉は、左翼燃料タンクに被弾し、やっとの思いで飛龍に帰還したが、「空母発見」の報《しら》せを受け、「心配するな」の一言を残し、片肺飛行でふたたび出撃し、遂に帰らぬ人となった。

回想の中で、兵学校の同期生は、「友永にはせめて完全な飛行機に乗せてやりたかった」と言ったという。修理の間に合わない愛機に跨《また》がって、敢然と飛び立って行った友永大尉の凛々しい姿は、吾々の脳裏から永久に消えることはない。

さらに「野分」から軽巡「長良」に移乗した南雲司令長官は、「作戦中止」の指令を受け、水雷戦隊による追撃も叶わず、涙をのんでミッドウェー沖から引き揚げることになった。

「羞を包み恥を忍ぶこれ男児、江東の子弟才俊多し」

長官の胸中に去来するものは、おそらく、この「項羽」の最後の心情であったに違いない。

それから長官は四ヵ月後、南太平洋において「ハルゼー」率いるアメリカ機動部隊と対戦し、「ホーネット」を撃沈、「ヨークタウン」を大破の戦果をあげ、この屈辱の一端を注いだのであるが、ミッドウェーにおける痛恨の思いは、長官の胸から消えることはなかった。

そして間もなく、当時閑職と言われた「呉鎮守府長官」に就任するのであるが、長官は、兵学校の同期で、当時海軍次官であった沢本中将に対し、「沢本、俺を前線に出してくれ」と頼み、中部太平洋方面艦隊司令長官として、サイパン島の洞窟の中で、自ら海軍中将の襟章を外し、これを焼き、守備将兵の先頭に立って米軍に突撃し、軍人としての生涯を閉じたのである。

長官は、「丸干鰯」が好きだったという。決して恵まれたとはいえない東北「米沢」の地に生まれ育ち、その生涯を、帝国海軍軍人としての誇りに生き、そしてその操を捧げ、南溟の果てに防人《さきもり》として朽ちたのである。時に、長官は五十七歳であったという。

(二) 武士道と兵は詭道《きどう》

最後に、ミッドウェー海戦を離れ、旧海軍の人作りと兵は詭道について、若干の所感を述べてみたい。

私は旧海軍大学の教育システムや講義内容をほとんど知らない。また、当時テキストに使われたと言われる「海戦要務令」の全文も手許にない。しかし、将来日本海軍の頭脳もしくは指導者となるべき有能な士官たちが、いかなる教材により、いかなる講義を受け、どのような想定の基に図上演習などを行なっていたかは、極めて関心の深いところである。

「兵は国の大事、存亡の道」である以上、これらのことは、国家としてもっとも重要な緊要事でなければならない。

しかるに当時、作戦行動の規範たるべき上記の要務令が旧態依然たるものであったときく。これは当事者の怠慢というより、むしろその組織、管理方式に問題があったように推察される。このことは、こと海軍に限らず、日本の一流企業といわれた会社についてもほぼ同じことが言える。

今次大戦の敗因は、科学技術の差、工業生産力の差などに求めがちであるが、実は、そのほかに組織や管理方式、法令や規則、人事管理、教育システムまで、国家として抱えた「文化の差」「質の差」も大きかったように思う。

言うまでもなく旧海軍は、戦いに強き良識ある武人を作ることに留意し、広い視野と柔軟な頭脳の持ち主を養成することに心を砕いて来たのであるが、教育の根底にあったものは、やはり人格の陶治と精神の錬成にあったように思う。

戦後五十年、いまだに縦、横の絆を解くことなく、団結と融和が保たれ、年を経て旧海軍を懐かしむ気持ちが、いささかも衰えないのは、他の者から見れば、不思議としか言いようがない。このことは、旧海軍の人作りが、いかに素晴らしいものであったかの証左でもあろう。

しかしその一方で、清廉潔白にして名誉を重んじ、正義を行動の基準とした武士道精神が、果たして、兵は詭道なりの外交戦略や用兵の術《すべ》の中で、上手《うま》く調和し得たかとの疑念を抱く。また真の男らしさと、丈夫《ますらお》の姿を身近に知った旧海軍の出身者が、世渡り巧みな、虚々、実々の企業の中で、上手く遊ぎ得たかとの反省も残る。

今私は、近代化を急ぐあまり、イギリスに多くを学んだ旧海軍が、その兵術の基本思想を中国の古典や、戦国の武将に、あわせて学ぶ必要はなかったかと、自らに問いかけている。

この点については、先輩の皆様に、是非ご教示を仰ぎたいと思うのであるが、乱世に処した戦国の武将たちは、いずれも利に聡《さと》く変り身が早くて、詭道の実践には実に巧みであったように思う。

勤めを終わった私は、この年になって、兵書の一端にふれつつ、役にも立たないことを承知で、独り楽しんでいるが、兵を作すのことはもうないにしても、人を成すのことは、ゆめゆめ忘れてはならない、と思っている。「勇気」を忘れた「侍《さむらい》の国日本」、これからどう進路を定めようとするのか。この任に当たる方々の重責を想う次第である。

（平成三年十月）

追記

以上のことを書くに当たっては、(1) 守屋洋先生の「中国の兵法」、(2) 吉田豊先生の「甲陽軍艦」、(3) 常石茂先生の「孫子」、(4) プレジデント社発行の特集号「ミッドウェーの教訓」を参照させて頂いた。ここに厚く御礼を申しあげます。

後記

その後、兵学校同期の「佐藤允兄」が「海戦要務令活用による営業管理者実践テキスト」(三菱電気)という第一線営業マン向けの素晴らしい本を出版されたが、その折、実松譲元海軍大佐が書かれた『海軍大学教育』という本のあることを知らされ(光人社NF文庫)、これを直ちに購入して、その末尾に掲記された「海戦要務令」の全文を丹念に読むことが出来た。

これによると、この「教範」は明治三十四年に初めて制定されたものであるが、艦船、兵器、航空機の飛躍的な発達と第一次大戦の教訓を受けて、数次にわたって改正が行なわれて来たようである。

しかし、昭和十年以降の異常なまでの航空機の進歩・発展と技術革新には追いつけず、空母群対空母群の航空決戦には、ほとんど用をなさない状況に追い込まれていたようである。艦隊同士の対決砲撃戦を期待していた帝国海軍は、今次大戦の如き島伝いの航空決戦を自ら相手に教えながら、レーダーと新開発の「信管」と、そして暗号文の解読、潜水艦による補給路の切断などによって無念の涙を飲むことになってしまった。臼渕大尉の「進歩のないものは決して勝てない」という、あの悲痛な言葉がふたたび甦って来るような気がする。

六．映画「プライド—運命の瞬間《とき》」感想

最近、東映系で公開された映画「プライド—運命の瞬間《とき》」はまさに圧巻、感動的な大作であった。ここ数十年来、映画館に行ったことのない私が、直ちにこの映画を観に行ったのは、本誌で冨士信夫先輩（兵六十五期）がわざわざその紹介記事を書かれたこともあったが、私は大日本帝国自体が裁かれたあの運命の日々を、もう一度この目で確かめておきたかったからである。

が、さらに私には私なりの特別な事情があった。それは東條元首相のご次男（東條輝雄様）が「三菱自工」の社長をしておられた当時、私はある責任者として親しく同社長にお仕えしたことがあったし（私が申すのは失礼の極みであるが、同社長は父上によく似られ、温厚篤実にして、実に立派な人格経営者とお見受けした）、元首相の三女「君枝様」は小生の愚妻と旧制桜町髙女の同級生で、このクラスの中には最後の連合艦隊司令長官「小沢治三郎」中将のご令嬢（孝子様）がおられたのである。こんなこともあって私は、この映画をあたかも身内の一人であるかの如き思いで観て来たのであるが、以下は、長いこと心の中に溜《た》まりにたまった思いを込めてこの映画の感想を述べて見たい。

一、東京裁判なるものは何であったか

大東亜戦争の真の意義が何であったかは、いずれ歴史の審判の下る日もくるであろうから、ここで敢えて愚見（これは台湾の鄭春河さんのご意見と同じ）を呈するまでもないが、あの大戦にはいわば「天意」ともいうべき歴史的必然があり、開戦への決断もその結果も、日本国家国民が等しく担うべき運命であって、A級戦犯といわれる人たちだけに負わすべき責任ではない。

この見解にはあるいは批判もあると思うが、およそ戦争に至る経緯には両者それぞれに理があるのであって、もし戦争によってもたらされた罪過があるとすれば、それは勝者も敗者も等しくその非を認めるべきであって、敗者のみが断罪さるべき性質のものではない。これが文明というものであろう。

およそ一国の指導者が国際軍事裁判で裁かれるのは、その時すでに存在する国際法規、条約、罪罰条例などによって訴追《そつい》さるべきものであって、その行為が行なわれたあとに定められた「準則」や「基準」によって裁かれることはない。これが国際間の常識であり、かつ「罪刑法定主義」の原則なのである。

然るに、この裁判では文明の名において、あとから「平和に対する罪」とか「人道に対する罪」とかを策定して一方的に裁こうとしたのである。この意味で「東京裁判」なるものがいかに誤謬《ごびゅう》に満ちた不当なものであったかは論を俟《ま》たないが、多くの観客は、弁護人の陳述や、証人の尋問、被告に有利な証言や資料の却下など不公正な事実を知って、さぞいやな思いをされたことであろう。

口では美辞麗句を並べ、公正と正義を謳《うた》いながら、裏では日本の国家を支えて来た思想、哲学、価値観、教育理念、さらには過去の日本の外交、軍事、経済政策まであらゆる汚点を洗い出し、これを徹底的に断罪しようとしたのである。

それは、あたかも日本帝国の解体であり、軍国主義の払拭を名分に、日本がふたたび西欧列強の脅威にならぬようにするための大手術であった。

しかし、日本国民はあの大戦の惨禍があまりにも広範かつ甚大であったし、軍（主として陸軍）の横暴と独走が目に余るものがあったので、マスコミはまったく反論せず（厳しい規制もあって）、敗れて裁かるは已むなしの平静の立場を取った。しかし、五十年を経た今日、現下の国情を見るとき、吾々は改めて、その真実を学び直さなければならない。

二、身を殺して仁をなした日本

日本は不幸にしてこの戦いに敗れ、二百数十万の尊い生命と数知れぬ艦艇と多くの器材を消失し、大都市のほとんどを灰燼に帰してしまったが（見渡す限り焼け野原と化した大東京の風景には一瞬、思わず息をのむ）、その一方で、独立の宿願を果たし得たインド民衆のあの歓喜と感動の波は、一体、何を物語るものであろうか。

ここではインド国民の喜びのみを描いているが、その後、アジア諸国のすべては民族自決の悲願と栄光を手にすることが出来た。

すべては日本の力によるものだとはいわないが、特攻機を出してまであの大戦を闘い抜いた日本人の魂とその支援が、独立の引金になったことだけは間違いない。

この映画が無言で訴えるものは、実はここにあったように思えてならない。

三、東條元首相の苦悩

清瀬弁護人がある日、東條元首相に、「開戦の責任は私にあって陛下には何ら責任はない」旨供述の中で申して頂けないかと依頼されたとき、東條元首相は絶句して、言葉にならない「絶叫」を発せられた。

「そこまで私を不忠の臣にしたいのか」と洩らされ、苦悩の色を全身で表わされた。拘置所内で拾った「ガラス」の破片で、チビッた鉛筆を削りながら、火の気のないところで独り黙々と供述書を書かれる元首相、独房の外には轟々《ごうごう》たる非難の声が聞こえる。

差し入れられた「晩翠詩集《ばんすい》」（天上影は替らねど、栄枯は移る世の姿、あの土井晩翠の詩集のように見受けられた。見間違いであったらお許しを賜わりたい）の余白という余白に真黒《まっくろ》になるまで自らの思いを書き留められる元首相、幾夜、眠れぬ日が続いたことであろうか。

思いは、ただただあの大戦に散って行った多くの兵士とその遺族、焼け出されて生業を失った国民の惨伏と生活のこと、そして申すまでもなく皇室を始めとする国の行く末であったことであろう。

このままではこの日本が永久に「悪者《わるもの》」にされてしまう。なんとかしなければと、悶々《もんもん》たる日々を送られていたに違いない。

（なお東條元首相の供述書は靖国神社に奉納されている由であるが、ご購入希望の方は、「長野県上田市秋和八三九、高原大学内滝沢《たきざわ》宗太氏」あてご連絡下されたし。「やすくに」より転記）

四、微動だにしなかったA級戦犯

証人として出廷した元軍人や関係者、中でも旧満州国皇帝の連合国に阿《おもね》った不実の証言には、人間としての悲しさ、哀れさを、今さらながら思い知らされたが、死を前にしたA級戦犯はいささかも怯《ひる》まず、その立居振舞いはまことに堂々たるものであった（中には大川周明氏の如き被告もいたが）。

侵略戦争を計画し準備し、かつ協議してこれを実行したなどという検察の論告には、軽侮の眼差《まなざ》しさえ浮かべ、堂々と所信を披瀝して、武人としての節操を守り通したのである。

そして、自らに「死刑」の判決を下したその法廷に、裁判官に静かに頭を下げ、口を真一文字に結び、悠然と退席して行った。

私はこの後ろ姿の中に、日本古来の武士道を見たし、論告のあり方に少なからざる憤りを覚えたのである。

真に裁かるべきはお前たちなのではないかと。

五、アメリカの良心を示した一憲兵の美挙

折々面会に訪れる勝子《かつこ》夫人の気丈なお姿もまた印象的であった。

これが最後と思われたのであろうか。

ある日のこと勝子夫人がお孫さんを連れて面会に訪れた。「こんなに大きくなりましたよ」

と、金網越しにこの姿を凝視する元首相。

この光景を見ていたアメリカの憲兵がお孫さん（男の子、四歳ぐらいか）を抱えて金網の中に入り、お孫さんを東條元首相の腕に渡された。お孫さんを抱えた東條元首相は、憲兵の目をじっと見詰め、「有難う」と静かに礼を述べられた。

おじいちゃんに抱かれたお孫さんは、大喜びで東條元首相の「ひげ」を両手でバタバタと叩いていた。東條元首相にとって、これがこの世で味わう最高の幸せではなかったろうか。

いうまでもなくこの法廷には、かつて「旅順」が陥ちたときの、敵将ステッセル将軍に示された乃木大将の武士道的思いやりはそのかけらもなく、「これから私は、あなたを将軍としては扱わない。何故なら、日本にはもはや軍隊というものがないのだから」といい放った、あのキーナン検事の傲慢さ。

たとえ敵将とはいえ、一国の総理として国家のため身命を捧げて働いて来た人間に対するこれが礼儀《くば》なのか。アメリカのためにもかえすがえすも残念であった。ただこのアメリカ憲兵の温かい心配りの中に私は、せめてものアメリカの良心を見たのである。

六、映画を見終わって

刑の執行が終わったあとの、ただ独り留守宅の居間で号泣する勝子夫人、この姿を襖《ふすま》の陰から覗《のぞ》き見るお嬢様。帰りの電車の中に在って、この光景が車窓に点滅して、いつまでもいつまでも私の頭から離れなかった。

勝子夫人の悲しみこそ、実は大日本帝国が断罪された日本国民一人一人の悲しみであったはずなのであるが、日本国民は明日をどう生きるかに追われて、黙禱を捧げるいとまさえなかったのである。

二十五名の被告の中、絞首刑七名、終身禁固刑十六名、禁固二十年一名、同七年一名。七被告の処刑は、昭和二十三年十二月二十三日午前零時から三十五分の間に行なわれた。その日は当時の皇太子殿下のご誕生日であった。

あの日から、もう五十年の歳月が流れた。

ただ私がこの映画に関連してかかることを書くのは、過去に行なったアメリカの誤り（原子爆弾の投下も無差別爆撃もまた然り）をここに究明しようとするためのものではない。

かつて日本軍が犯したといわれる中国大陸での数々の罪過も、アメリカが行なった何万、何十万といわれる無辜《むこ》の民の爆殺も、いかに弁明しても、ふたたびこの歴史から消えることはない。だが、吾々は互いに恩讐《おんしゅう》を越え、相携えて、これからの未来を築いていかなければならない。その際、これから世界に生きる日本人が東京裁判史観によって肩身の狭い生活を余儀なくされることだけは、断じて排除しておかなければならない。

それは、あの時代に生きた吾々の務めでもあり、かつこれからの若人があの大戦の意義を堂々と披瀝し、世界から道義の国日本として尊敬され、大いに活躍されんことを切に期待するからである。

最後にこの大作を企画推進された「東日本ハウス」の「中村功会長」に深甚なる感謝と敬意を表したい。


（平成十年五月）

七. 海軍機関大尉中島知久平退職の辞

一、まえがき

約二年ほど前、期友の佐藤尚志兄から、「一度、中島知久平を調べてみないか。これはライフワークとしてやり甲斐のある仕事だよ」と言われたことがある。その折は、彼の真意が十分汲み取れなかったし、一、二やりかけの仕事があったので、心に残りながらも今日まで伸びのびになってしまった。

後で解《わか》ったことであるが、中島知久平氏は、自分を売り込むような行為を極度に嫌った人で、側近が「中島知久平伝」の出版計画を報告すると大変立腹し、これを高額で買い取り、全部焼却させたという。

このことがあってか、図書館に行っても、古本屋を探しても「伝記」に近いものはおよそ見当たらなかった。ところが、最近ちょっとしたきっかけから、渡辺一英《かずひで》著『日本の飛行機王中島知久平』(光人社NF文庫)なる文献を入手することが出来た。私はこれを見て、同氏の実像と私の認識とが余りにもかけ離れており、自らの不明を恥じると同時に、私と同じくその機会に恵まれなかった人がいるとすれば、同じ旧海軍の仲間として、是非この機会にご報告したいと思ったのである。

それは、中島氏が同じ海軍の大先輩であったばかりでなく、草創期のわが海軍航空隊にとっては恩人ともいうべき人で、大きく物が見える大戦略家、大政治家、さらには、日本航空工業界の発展過程や航空軍事史を見る場合、中島知久平氏を抜きにしては語れない、といわれるほどの大人物であったことが解ったからである。

もちろん、ここではその全容をご報告するわけにはいかないので、小生が最も感銘を受けた「中島機関大尉の退職の辞」について、若干ご紹介の筆を執りたいと思う。

二、渡辺一英氏と中島知久平

この資料をまとめられた渡辺一英氏は、福島県の出身で早くから航空界に進み、「飛行界」や「飛行少年」などの主筆、「航空時代社」の社長などを歴任し、五十年にわたって日本の航空思想、知識の普及発展に尽力された方である（昭和三十二年に死去）。

この渡辺氏が、いつ頃から中島知久平氏と昵懇《じっこん》の間柄になったかは定かではないが、中島氏より六歳年下であるから、中島氏が旗上げした頃は、まだ駆け出しのジャーナリストであったことであろう。

おそらく取材を通して中島知久平氏の識見、炯眼《けいがん》に接し、その人物の偉大さにすっかり惚れ込んでしまったように思われる。それは、この本に書いた渡辺氏の中島氏への思慕によく表われている。

日本の現状がまさに危機的状況にあることは、吾人すべて認めるところであるが、四十数年前すでに渡辺氏が激しく警鐘を鳴らしているので、ここは解説に代えてその一文を次に掲記したい。

渡辺一英氏の序文

「敗戦後の我が国情は憂慮に堪えない。何もかもなっておらん、腹の立つことばかりだ。このまま行けば不逞《ふてい》の徒がますます各方面にはびこり、政治も教育も、産業も徒らに混乱を重ね、経済自立の達成も出来なくなる。かくして民は餓え、国は無力となり、果ては赤い国の属国化してしまうであろう（昭和三十年当時は、かかる様相を呈していたのかもしれない）。これを未然に救うには、まず押し付けられた憲法を、我が国情にマッチする様改正するのは勿論のこと、公職選挙人の年令を二十五歳以上に引上げて（原文のまま）政治の画期的刷新を期し、失われた愛国心を取戻すための一大運動を展開する必要がある。ところが、そうした運動を力強く推進するには立派なリーダーが必要だ。それは人間が偉大であって至純な愛国者であることを要する。だが、情けないことにそのような適格者は現存者の中には見当らない。そこで私は、九泉の客となった巨人中島知久平先生をこの世に呼び戻し、その偉大なる高風を国民の間に吹き込み、第二の中島、第三の中島を輩出させ、それらの人達によって累卵の危機にある祖国を救ってもらおうと考え、文才がないにも拘らず敢えてこの書を著わしこれを世に送ることにした」と。

以上私は、渡辺氏の憂国の至情に心を打たれると同時に、その至誠とご尽力のお蔭で中島知久平氏の全生涯を知ることが出来たし、あわせて旧海軍の古き良き時代をも学ぶことが出来たのである。

（旧海軍の教へに背き私情に亘り甚だ恐縮ながら、実は小生の祖父は中島氏と同じく政友会の一翼を担い、栃木県議会議長を努めたことがあったので、隣県の中島氏をかなり知っていたはずであるが、小学生のころ死去してしまったので、記憶に残ることはまったく聞かされていない。

ただ中島氏が、あの大戦の末期、「富嶽」なる超大型爆撃機を製作して、米国本土を爆撃しようと、真剣に考えていたことは承知していたし、すぐ下の妹が県立栃木高女の四年生で、この中島飛行機に学徒動員され、苦しい環境の中で、飛行機作りの手伝いに青春の汗を流して来た。そして、その飛行機に乗ることを夢にまで見て来たその兄が五十年後の今、創始者中島知久平氏の人物像を描写しようとしている。人生とはまた、不思議な縁で結ばれているものだ）

海軍士官時代の中島知久平

横道にそれたが、この中島氏の全貌はとても語り尽くせないので、ここでは彼の海軍士官時代の一端のみを紹介しておこう。

第一に中島氏は、海軍機関学校第十五期卒業生（明治四十年四月卒業、コレスは兵学校第三十四期古賀峯一大将〈のち元帥〉と同クラス）で恩賜の銀時計組であった（四十四名中三番の成績）。

それにもまして驚くことに、中島氏は中学校にも進まず、独学で「専検」（専門学校受験のために必要な資格）の資格を取り、当時難関といわれた海軍機関学校に二十一番（推定受験者数二千人、採用者四十名）の成績で入校した由である。

第二に中島氏は推されて海軍大学の選科学生になり、明治四十五年には、海軍機関大尉として、河野三吉大尉（三十一期）、山田忠治大尉（三十三期）と共にアメリカに派遣され、飛行機の製作、整備の技術習得を命ぜられたのであるが、河野、山田両大尉の派遣目的、飛行機操縦技術の免許までを取得して帰国した。（このことがあとで命令違反であると騒がれたが、中島氏はその理由を鮮やかに弁明してその責を免《まぬが》れた由である）。

第三に、大正二年に海軍の水上機第一号機が誕生したのは、中島機関大尉の右の技術習得と努力によるものであり、大正五年には日本で初めて「水雷落射機」なるものを考案した。魚雷を海戦に利用したのは、日清戦争における日本海軍をもって嚆矢《こうし》とするが、この魚雷を飛行機の胴腹下に吊るして、敵艦目がけて発射しようとする考案は（その後、数次の改良は加えられたにしても）、中島大尉の設計によるものらしい。

開戦劈頭《へきとう》の真珠湾攻撃、あるいはマレー沖海戦における我が海軍航空隊の活躍、その偉力を思えば、中島大尉が旧海軍に残した功績は、実に大きなものがあったということが出来よう。ただ世界で初めて「飛行機による魚雷攻撃」を実施したのは、第一次大戦（大正四年）におけるイギリス海軍であったそうだ。

三、中島機関大尉退職の辞

かくも海軍に功績を残し、将来を嘱望された（恩賜組は海軍機関中将まで昇進することが不文律であった由）中島大尉が、なぜ海軍を退《や》めようとしたのか。

そこには複雑な事情があったと思うが、究極のところ、当時の海軍上層部には、航空機の将来を洞察するだけの明がなく、わが国の国防戦策について根本的な意見の対立があったのではないか。

ここは憶測を交えず、中島大尉が大正六年十二月、先輩、友人らに送った「退職の辞」を見ていただくことにしよう。

中島機関大尉退職の辞

「宇内《うだい》の大勢を察するに地上の物資は人類の生活に対し余裕少なく、又国家は互いに利の打算に急にして、今や利害の為には国際間に道義なるものを存せず。紙上の盟契、条約の如き殆んど信頼の価値なき事例は欧州大戦に於て公然と実証されつつあって、国交は恰も狼狽と伍するが如し。

故に国防の機関にして完全ならざらんには、国家は累卵の危盤に坐するが如し。而して国防の要素は国家の享有する能力の利用によって国家を保護するにありて、その主幹は武力ならざるべからず、故に戦策なるものはその国情に照らして画立するを要す(中略)

翻《ひるがえ》って帝国の国情や如何、究竟《きゅうきょう》するに対手国は欧米の富強にして我が帝国は貧小をもって偉大なる富力に対す。故に富力を傾注しうる戦策によりて抗せんか勝敗の決、瞭《あき》らかにして危険これより大なるはなし。

然るに現時、海国国防の主幹として各国家が負担を惜しまずその張勢に努力しつつある大艦戦策は、実に無限に富力を吸収するものにして、所詮富力戦策に外ならず、これにして永続せられんか皇国の前途は慄然《りつぜん》寒心に堪えざるなり。

惟《おも》うに外敵に対し皇国安定の途は、富力を傾注し得ざる新兵器を基礎とする戦策発見の一つあるのみ、而して現代においてこの理想に副う処のものは実に飛行機にして、これが発展によりては能く現行戦策を根底より覆えし、小資をもって国家を泰山の安きに置くを得べし。夫れ「金剛」級一隻の費をもってせば優に三千の飛行機を製作し得べく、一艦隊の費を以てすれば能く数万台を得べし。（以下中略）

斯くの如く飛行機発展の如何は国家の存亡を支配す。故に欧米飛行界の進況如何に拘らず我が帝国は独得の進歩発展を企図せざるべからず。然るに事実は大いにこれに反し、我が飛行界の現状はその進歩遅々として、欧米の進勢に比すべくも非ず、常に数段の隔りあり。

従って飛行隊の如きも微々として振わず、実質において存在の価値だになし。これ実に国家挙げての最大恨事たらざるべからず。而して我が飛行界不振の原因は種々多岐に亙ると雖も、その主因は製作工業が官営たるの一事に坐す。

進歩激烈にして、その製作、短時日に成る工業を、初年度の計画が議会の協賛を待ち、翌年度において初めて実施期に入るが如き政府事業を以てするは、既に根本に於て不適と云わざるべからず。かかるものは、その実施に関する諸般の行使が縦横自在なる機関に委《まか》し初めてその目的を達し得べきなり。

実に飛行機は完備せる工場に於てせば、計画製造まで一ヶ月の日子《にっし》をもって完成するを得。故に民営をもって行う時は、一年に十二回の改革を行い得るも、官営にては、正式に云えば僅かに一回のみ。故に官営の進歩は民営の十二分の一たるの理なり。

欧米の先進諸国が飛行機製作を官営兵器廠で行わず、専ら民営に委ね居るのは一つにこの理に存す。かく帝国の飛行機工業は今や官営を以て欧米先進の民営に対す。既に根本に於て大なる間隔あり。今にして民営を企立し、これが根因を改めずんば、竟《つい》に国家の運命を如何にかせん。

実に飛行機工業民営企立は、国家最大、最高の急務にして、国民たるもの皆これに向って奮然、最善の努力を傾注するの義務あると共に、この高尚なる義務の遂行に一身を捧ぐるは、これ人生最高の栄誉たらざるべからず。

不肖ここに大いに決する処あり。一世の誹毀を顧みず、海軍における自己の既得並びに将来の地位、名望を捨てて野に下り、飛行機工業民営起立を画し、以てこれが進歩発達に盡し、官民協力国防の本義を完うし、天恩に報ぜんことを期す。

今や海軍を退くに当り、多年の厚誼を懐《おも》い胸中感慨禁じ難きものあり。然しながら目標は一貫国防の安成にありて、野に下ると雖も官に在ると真の意義に於て何等変る処なし。

吾人が国家のため最善の努力を振るい、諸兄の友情、恩誼に応え得るの日はむしろ今日以降にあり。茲に改めて従前の如く厚き指導誘掖《ゆうえき》を賜わらんことを希《こいねが》い、併せて満腔の敬意を表す」と。

この雄大にして極めて格調高き「退職の辞」を書いたのは、中島知久平氏が三十四歳の時であったという。諸兄はこれらを読んで、いかなる感懐を抱かれたでありましょうか。

私はつぶさに拝見して、明治という時代が生んだ一青年士官の（あるいはこれを真の大丈夫というのであろうか）高邁な志、その識見と先見性、さらには尽忠報国の熱誠とその気概をいやというほど見せつけられたのであるが、さらにはこの中に、明治の海軍が育《はぐく》んだ「機関学校教育の真髄」（これは海軍三校とも、同じであったはずなのであるが）を見たのである。

「もし」という言葉が許されるならば、その後の帝国海軍の指導者の中に、中島知久平氏と志を同じくする兵学校出身の兵科士官がもっとおったら、その第一人者は山本五十六元帥なのであるが、人も物も、そして資力も、この線に副《そ》って集中し得たであろうし、日本航空工業界の発展も、軍備の方向も、そしてまた今次大戦の行方も大きく変わっていたことであろう。

しかし、歴史の流れはそうはいかなかった。惜しみても余りあるものがあるが、顧みて、人も企業も国家も、技術の進展と時代の流れ、その将来をいかに正しく読むか、そして今何をなすべきか、このことがいかに大事なことであるかをしみじみと反省させられたのである。

四、あとがき

かく雄大な理想に燃えて立ち上がった中島知久平氏であったが、その前途はかならずしも平坦なものではなかった。

中島は海軍の出身ではあったが、彼の言動が尋常ではなかったから、当時の海軍上層部は、彼を異端視して、全面的にバックアップしようとはしなかった。工事量も思うにまかせず、資金操りに苦労し、川西との合併、トラブル、三井物産との業務提携など、軌道に乗るまで多くの迂余曲折があった。

そんな折、心から中島を支援したのはむしろ海軍ではなく、陸軍航空本部の井上幾太郎少将（長州閥の大物）であった。

ただ現実には、佐世保に航空隊が設置されたのが大正七年（その後、呉、舞鶴等にも設置）。最初の空母「鳳翔《ほうしょう》」（搭載機二十数機）が完成したのは大正十一年十二月、本格的空母「赤城」

あった。

「加賀」（いずれも九十一機）が誕生したのは昭和二年から三年にかけてであったから、支援したくとも、飛行機の需要はそれほど多くなかったのであろう。

陸軍から七十機、海軍から三十機のまとまった注文があったのは、大正九年になってからであった。

海軍の航空部門が充実強化されていくのは、山本五十六元帥（当時少将）が技術部長に就任された昭和五年以降のことで、昭和七年から三ヵ年計画で「航空技術自立計画」が発動され、外国に頼らず純国産で、艦上戦闘機、艦上攻撃機の試作が初められた。

「蒼龍」「飛龍」（いずれも七十三機）が第一線に加わったのが昭和十二年から十四年。名機「零戦」が完全に出来上ったのは昭和十五年七月（これに搭載された「栄」エンジンは中島製である千三百三十馬力）、今次大戦を闘うには余りにも遅過ぎたきらいがある（戦術的研究はあっても、戦略的思考が足らなかったという先輩もおられる）。

因みに、兵学校卒業者で飛行機に進まれた方は、昭和十二年の卒業、第六十四期で五十八名、第六十七期で八十一名、百名を突破したのは昭和十五年に入ってから。これくらいの指揮官の養成であの大戦に立ち向かって行ったのだから、侵略の計略どころか帝国海軍が、いかに已むに止まれず立ち上がらざるを得なかったか、これを見ただけでもお解りであろう。

本論から離れるのでこの辺りで締めくくるが、いずれに致しましても、群馬県の一農家に生まれ、独学で機関学校に進み海軍士官となり、航空界に身を投じては一大中島飛行機傘下を総帥し、代議士となっては第八代の政友会総裁を務め、官に在っては「鉄道大臣」「商工大臣」を歴任され（正三位勲一等に叙せらる）、至誠一貫、君国にその生涯を捧げられた中島知久平氏に満腔の敬意を捧げたい（昭和二十四年、脳溢血にて死去、六十六歳）。かかる大人物がわが海軍の先輩の中におられたことを、私は心ひそかに誇りに思っている。

（この稿を終えたあと、私は多磨墓地に眠る中島知久平氏の墓前に額ずいた。そこには生前の業績も栄誉を称える言葉〈墓誌〉もなく、ただ「知空院殿久遠成道大居士」の仏名だけが春の日差しに輝いていた）

（平成十年四月）

八・米加田中尉の遺書と三号生徒のロングサイン

一、靖国の桜の下で

［追憶その一］ 故郷

あれはたしか中学一年生の頃だったと思う。雨の中を傘をさして自転車で下校途中、三輪車に激突して、私は傘もろとも真っ逆さまに路上に投げ出されてしまった。

たまたま通りかかった「須藤保」さん（同じ郷里の大地主の息子さんで、小学生の頃、私たちに草野球の手解きをしてくれた方）は、柔道衣を頭から被っていて、「玄さんどうした、大丈夫か」といって、動なくなった私の自転車を近くの修理店まで運んでくれた。当時「保」さんは、県立栃木商業の五年生で、その後、青山学院に進み、学徒出陣で陸軍航空隊に志願し、終戦の年五月、知覧から飛び立って遂に帰らぬ人となった。

私は靖国に来るたびに、あの時の肩幅の広かった「保」さんの後ろ姿を思い出す。

この同じ道を通学していた先輩の中に、第七十三期の「原敏夫」さんがいた。

原さんは栃中剣道部の先輩で、道場せましと暴れ廻っていたが、一号生徒がこんなに怖いものとも知らず江田島まで来て、ずいぶんお世話になった。その後、原さんは沖縄特攻作戦に参加されたが、エンジンの不調で不時着、全身に火傷を負って気がついたときは病院のベッドにあったという。

この原さんも、今はもうこの世にはいない。

ある夏のこと、私は長男（三菱銀行本店在職）を連れて原さんのお墓に参り、カセットに収めた「江田島健児の歌」をボリューム一杯に流して原さんの霊を慰めた。

その後、友人、知人も全国に散って、今このお二人の墓を訪ねる人はほとんどいない。

しかし、原さんの魂は同期の戦友と共にこの靖国に居られるであろうことを信じている。

[追憶その二]　思い出の一号生徒

思い出は江田島に移る。たしか第七十三期生徒の卒業が間近に追っていた頃、自習室の黒板に「1÷0＝∞」と書かれ、「三号はこれをよく覚えておけ」といわれた一号生徒がおった。

その方が誰であったかもう記憶に定かではないが、この数式だけは不思議によく覚えている。

「己を空うして事に当れば、その成果は測りしれない」とも読み取れたし、「いざという時は敵空母に体当りして悠久の大義に生きるまでだ」との決意とも取れた。

「用がなければ、九部の前は通るな」とは後できいた話ではあるが、九〇四分隊の一号生徒も、ご多分に洩れず猛烈果敢であった。

当時の中島伍長、八島生徒には、今もって東京でお世話になっているが、八名おられた一号生徒は全員、飛行機に進まれた。

その中で米加田節雄生徒（戦死後、少佐）、小出実生徒（大尉）、末吉正弘生徒（大尉）の三名の方が戦死されてしまった。

思えば末吉生徒の「一挙動膝屈伸」は本当にきつかった。「廻れ廻れ」の甲板掃除、疲れたと見るや、きまって「男の中の男」が飛び出す。「三号は何も考えずに寝ろ。明日は明日の風が吹く」などといわれた小出生徒は、八月十五日、木更津から飛び立ってついに帰らなかった。

九部生徒館の階段に立ち、大西郷よろしく、「待て！」を連発しておられた米加田生徒は、昭和二十年四月二十九日、沖縄目がけて特攻出撃、見事に散華された。

対番であった私が上がっていくと、済まなそうに目を細め、「待て」をかけ、「ここはお前だけ見逃すわけにはいかんのだ」といわんばかりの優しい目だった。

作業は「迅速、静粛、確実」、報告は「簡潔、明瞭、正確」と、厳しい躾《しつけ》を受けたのもこの頃であった。

あれからもう五十年以上も経つ。

靖国の杜に立っていると、「前澤、来たのか。お前もずいぶん年を取ったな」という一号生徒の声が聞こえるような気がする。

二、米加田中尉の遺書と三号生徒のロングサイン

懐しさの余り、私は当時九〇四分隊の伍長であった中島又雄様（元海将）にお願いして、戦

死された一号生徒のご遺族のお名前と住所を教えていただいた。

その中から熊本県大鹿市におられる米加田中尉の弟「信雄」様と東京在住の妹「早川タチ子」様に同文のお手紙を差し上げた。

「米加田中尉が最後の出撃に際し、家人にどんなことを申されたか。あるいは遺書などがございましたらお教えいただけないか」と。

母上がご生存中のことは承《うけたまわ》っていたが、あまりにご老齢（九十四歳）のことでもあるし、悲しみを新たにしてはと、おしらせはしなかった。

しばらくして、信雄様から部厚い封筒が届けられた。戦死後、家郷に送られて来た柳行李の中には「遺書」のほか、兵学校時代の日記や資料があって、その中に「斯様なもの」がありましたと、当時の三号生徒が米加田候補生に贈られた「はなむけの言葉」（ロングサイン）がぎっしり詰まっていたのである。

当時三号の先任であった「小林喜代広」、次席の「服部寛」「関野清成」「大鹿隆男」「勝田良雄」「前田昭二」、懐かしい諸兄の名前が続々と出て来た。どうしたことか、「井手口道男」兄のものがない（このことについては後でふれる）。

(1) 米加田中尉の遺書

私はおもむろに米加田中尉の遺書を開いた。
「昭和二十年四月二十八日、人生二十二年の生涯の幕を閉じんとするに当り、一筆を拝呈遺言に代へんとす。（一部省略させて頂く）
孝は親を安んずるより大なるはなし。

大恩に報ゆるなく去るを不孝の最大なるものと感ずるも忠孝一本の本義を思う時、未だ完成せざる身心を以て、神風特別攻撃隊、筑波隊の隊長として本日出撃することに決す。

かくなる上は、二十二年間に得たる全智全能を絞り最善を尽し戦わんことを期す。

今や帝国は最大難関に直面すると雖も最後の勝利は我に在ることを確信す。

我今より出撃、大東亜平和確保のためその捨石とならん」

このあと遺書は、兄妹仲良く一致団結して一家を盛り立て、国家のため最善を尽されんことを祈るとあり、親戚、知人、友人、小学校、中学校への別れの挨拶を述べられたあと、

「小生亡きあとは万事弟に任せ下されたし。弟の立派な成功を祈りつつ筆を擱く。

最期に臨み書きたきこと多々あるも、ハワイ攻撃の特攻隊の出撃前の休暇のことを思い多くを語らず。

ご健康を祈る　四月二十八日　十二時三十八分
母上様　節雄」


この遺書はA4の和紙二枚に毛筆で、実に見事な文字で書かれてあった。

慌ただしい出撃前のひととき、あまりにも短かった自らの生涯を顧みて、米加田中尉の胸中はいかばかりであったことでありましょう。

いかに江田島の教育を受けられたとはいえ、僅かに二十二歳、独り母を置いていく悲しみがなかったといったら「うそ」になるかもしれない。故郷のあの山、この川、小学校、中学校の学友、恩師、親戚、縁者、愛しき人、幼かりし頃の思い出が一緒に吹き出して、米加田中尉の

心は千々に乱れたことでありましょう。しかし、米加田中尉は神風特別攻撃隊筑波隊の隊長として使命一筋、一切の女々しいことは語らず、莞爾として戦場に赴いたのである。（合掌）

(2)　三号生徒のロングサイン

かくして散った米加田中尉を当時の三号生徒は、どんな思いで江田島をお送りしたのであろうか。大方の諸兄はおそらく忘却の彼方にあると思うが、貴重な資料なので、ここにその一端を紹介することにしたい。

〔当時の米加田候補生あて〕（全文に非ず、すべて敬称略）

○人格円満で極めて思いやりのある人、堂々として迫らず何事につけても悠々たる点、大西郷に似て必ずや将来「大きな仕事」、「世界を驚かすが如き大業」をなすべき方とご奮闘を期待します。（今日あるを見通すが如し）荒天準備の令ありし時、嵐の中を真先に走って行かれた大きな後姿を忘れることが出来ません。（秋田の雪ダルマ　小林喜代広）

○悠揚迫らず考査如きは屁のカッパ、巨大な体軀を以て人を圧し、短艇海に浮べては三号をシメ、陸に上っては報告の三号を泣かしむ。或は階段の上に立ち三号の足を棒にす。一見呑気なようで実は気の優しい、しかも細かい所まで気のつかれる良い一号生徒、ご武運の強からんことを祈ります。（湘南の雄　関野清成）

○同じ九州の産でイモをたらふく食って大きくなった「節雄兄貴」という感じのする人。自習時間中に一人呼ばれ、皆の前でこんこんと訓され、涙が出て来たことは生涯忘れませんと書いた不知火の御前　前田昭二。

短艇訓練の厳しかったことを述べ、私の今日あるは米加田候補生のお蔭と書いた、横須賀の三太郎こと大鹿隆男、ならびに尾張宮の宿　服部寛。
○鬼のような赤い顔に似合わず優しい心の三号思いの人、食後直ちに「カッター」へには閉口した、と思い出を語る井沢正明。
○全世界の空に縦横無尽の活躍をと「零戦」の絵まで書き添えられた市川倫夫。
「征米州派遣軍指揮官」あてと宛名を書かれた北門の雄、アイヌの子孫と署名した芝田豊司。

さらには、
○「若鷺の飛び立ち向う南冥の空に武運の久しかれかし」と一首を添えられた星野睦男など
（いずれもほんの一部に要約した点お許しあれ）。

まさに多士済々、実に見事なものであった。

あれだけ厳しい指導と鉄拳を受けた一号生徒に、怖《お》めず、臆せず、堂々と自らの感ずるままを書かれた当時の三号生徒、その内容といい度胸といい、私はこの中に七十五期の凄さを見たのであった。


ここで私は、「井手口道男」兄のことについてふれなければならない。

戦後私は、仙台から神戸に就職し、大阪、名古屋、東京、と全国各地を転々として来たが、そのつど「私は井手口と同分隊でした」といっただけで、期友十年来の知己を得られたことを感謝している。

よたよたしていた戦後間もない頃から、今日まで井手口の有形無形の支えがどんなに大きかったか。知る人ぞ知るである。

実はこのたび三号生徒のロングサインを紹介するに当たって、七十五期会の功労者「井手口」のものをと探したが見当たらず、中に署名のないものが一通あって、後日これが井手口兄のものであることが解った。割愛した諸兄のものと併せ、ここに深くお詫びする次第である。

（平成八年九月）

出撃直前の米加田中尉。昭和20年4月29日、南西諸島方面に特攻出撃戦死す。二階級特進、海軍少佐。上掲の写真は弟・信雄様から頂いたものである。

九．次の世代に託すべきもの
――防衛大学校出身の若人に期待する

一、アメリカ社会から今何を学ぶべきか

戦後我々は、あらゆる産業分野でアメリカの高度先端技術を導入し、新しい管理方式を学んで、これを高度経済成長につないできた。

官民あげての努力と英知によって、今や両国は民主主義と経済システムの同じ価値観を共有し、技術的には相補完しあう関係になって、多くの分野で「もうアメリカ社会から学ぶべきものは何もない」と言われるまでに成長した。しかしその反面、精神的には自由と民主をはき違えて、日本古来の美風を放擲し、権利は主張するが義務と責任は負わないとする風潮が日本社会を蝕《むしば》んできた。

一方、アメリカ社会には多民族国家の通弊として、人種階層間の対立や極度の貧富差、離婚率の増加、麻薬汚染、性モラルの紊乱《びんらん》など、爛熟社会の病根が潜んでいる。しかしその反面、健全な青年たちは、自国に絶対の誇りを持ち、いざという時は星条旗の下に参集して、いつで

も難事に対処する「勇気」と「使命感」を兼備している。そしてその背後には、かならずアナポリス出身の海軍士官と陸軍士官学校出身の少壮指揮官が厳然と控えているように見えるのである。

我々は、アメリカ社会が抱えている苦悩と病根の因《よ》って来たる所以のものを正視すると同時に、アメリカが世界に雄たるの本質的なものを学ばなければならない。

言うまでもなく、アメリカ社会を支えているものはキリスト教文明であるが、その中にはかつて日本人がもっとも誇りにしていた武士道的精神のようなものが脈々として骨太く受け継がれているのではあるまいか。今我々が、アメリカから学ぶべきものは、先端技術でもなければ管理方式でもない。ましてや芸術でも文化でもない。それは彼らが抱えている「ユナイテッド・ステーツ」に対する「忠誠心」と自らに対する「誇り」なのではないであろうか。

二、日米海軍の底にあるもの

現在の海上自衛隊（実質的には日本海軍といってもよい）の職務遂行能力は、同種同一配置のアメリカ海軍に比し、少しも遜色はなく、むしろある分野では優っているのではないか。それは旧海軍の先輩方（同期の諸兄を含めて）や防大出身の士官たちが、心血を注いで後進の指導育成に尽力された結果と、アメリカ海軍が何かにつけて、温かい眼差しをもって、これをサポートしてくれたお蔭であろう。

もちろん、戦力的には比較にならないが、国民の目から見て、アメリカ海軍は海上自衛隊を高く評価し、海上自衛隊はまたアメリカ海軍を信頼しているように見える。

このことは、共同訓練をやって見れば、海上自衛隊の技量や士気が予想以上に高く、これを指揮する士官たちはみな優秀で、力量、資質とも十分であると、アメリカ海軍が認めているからでもあろう。

しかし、両海軍の底に流れるものはこれだけであろうか。

終戦の日から、まったく別な道を歩んだ私でさえ、アナポリス出身の海軍士官には、いまだに同じ海の男としての共感と、一種独特の敬意を抱いている。

一方、彼らもまた、今次大戦で戦った日本海軍の先輩たちに対し、多くの敬意を払い、爆弾を抱えてまで、敵艦船に体当たりしていった「特別攻撃隊員」に対し、同じ軍人として、深い感銘を覚えているのではないか。中村悌次水交会会長（江田島時代の小生らの教官）や同期の吉田学兄らが、日米海軍の絆をがっちり固めておられることは承っているが、両海軍の指導者の中に、これらの敬意が、互いに存在する限り日米関係はまずまず大丈夫であろう、とそう願っている。

ただあの時代に生きた我々には、戦後、占領軍がとられた軍上層部への冷たい仕打ちや、BC級戦犯への処刑、あるいは靖国問題の扱いにつき、いまだに心に傷が残っていることも確かである。

今や両国海軍は、先輩指導者の見識と正しい対応によって、他国では見られぬような良好な関係に維持されているが、そのためには、経済摩擦に見られるが如き、一方的な強圧的外交は避けるべきであろう。日本は日本で譲るべきは譲り、アメリカはアメリカで「アメリカの言う国際正義なるものは、所詮はこういうことであったのか」との不信を、日本国民に与えてはなるまい。世界の人々もまた、これをじっと注目しているのである。

三、大正世代からの提言

(一) 今最も大事なことは日本人の精神構造改革である。

元奈良女子大学教授の岡潔《きよし》さん（数学者、文化勲章受章者）は、『日本のこころ』という著書の中で、次のようなことを述べている。

「私は人というものが何より大切だと思っている。私達の国というものは、この人という水滴を集めた水槽のようなもので、水は絶えず流れ入り、流れ出ている。これが国の本体といえる。ここに澄んだ水が流れ込めば、水槽の水はだんだんと澄み、濁った水が流れ込めば全体が段々と濁っていく。それでどんな人が生れるか、ということと、それをどう育てるかということが何より重大な問題になる」と。

（将来、人の子の母親となり、これを育てる立場に立つ女性の教育が、日本の将来にとって最も大事なことだとも言っている）

このたとえは、いかにも岡さんらしい発想であるが、実は、この水槽の形状や材質が、極めてむずかしい問題なのである。

目下、政府がやろうとしていることは、この水槽が古くなって、時代にそぐわなくなったので、これを作り替えようとしているわけである。が、しかし、いかに立派な水槽が出来たとしても、入って来る水が、相変わらず濁っていたのでは、この「水がめ」はおそらく役に立たないであろう。

私は戦後の教育面を顧みてこの濁った水が、どんどん増えていくのは、その背景に次の四つのことが禍いしているように思うのである。

① 国軍の使命と名誉をまったく無視した現行憲法（文武両道精神の喪失、旧来の道義的価値観の崩壊）

② 今次大戦を侵略戦争と看做す歴史認識と教育（幕末以来の先人たちの血と汗の結晶である日本の近代史を否定した教育、民族と歴史に対する誇りの喪失）

③ 神社、仏閣に対する無関心、無宗教（神道の排除、祖先崇拝精神の欠落、唯物史観、神に祈る心、謙譲の美徳喪失）

④ 道徳教育の欠除（教育基本法の欠陥、社会生活の基本、ルール、学校にも家庭にも厳しい躾がない。シルバーシートにふんぞりかえる若者、大学を出てもまともに挨拶一つ出来ない）

ただ誤解があるといけないので付け加えるが、私はすべて戦前の教育に戻れと言っているのではない。

戦後の教育の中にも良い面はあったし、教育現場の先生方の中にも、寸暇を惜しんで子弟の教育に情熱を傾けておられることも知っている。

また、健全な青年たちは相変わらず勤勉で正直で、自らの職務に誠実であることも確かであろう。しかし彼らには、エリート中のエリートでさえ、国家との連帯に対する意識がまったく欠落している。そして、心の底にはよい意味での誇りと希望がない。

政治はすべからく以上のことを政争の基本に据えて、大いに議論してもらいたいと思うのである。

(二) 自衛隊に国軍としての名誉を、自民党は自主憲法制定の旗印を下ろすな。

日本国民は、重大災害や緊急事態が発生すると、自衛隊に多くの期待を寄せるが、平素は崇高な使命を理解しようともせず、マスコミは些細なことで批判攻撃はするが、献身的な業績については一切ふれず、温かく迎え入れようとはしない。

このような姿勢を野放しにしておくのは、一つには政治にも責任があるように思う。私は日本の腐った現状を見るとき、自衛隊に日本国民の精神的支柱になっていただくことを期待するものであるが、そのためには、日本国民は自衛隊に国軍としての使命と名誉を憲法上保障しなければならない。国内の政治情勢は、この要請からますます遠ざかる傾向にあるが、国際世論から見て、かならずその日が来るであろうことを信じている。

戦後あらゆる機会に自民党の政策に反対し続けて来た社会党の主張が、悉《ことごと》く誤りであったことはすでに実証済みであるし、口を開けば国家や大企業を批判攻撃する共産党も、その大企業の中に、運命を共にする従業員が、何万何十万といることを忘れている。

社員の将来と幸福を思わない経営者など、この日本には一人もいないことを知らないらしい。一方、下層階級の苦労も生活も知らない坊ちゃん政治家には——あれこれ綺麗ごとは並べるが——この日本の将来を任せるわけにはいかないのである。自民党は、自主憲法制定の旗印を下ろすことなく、大同団結して自信をもってこれからの難事に対処してもらいたい。

ここで私は戦争を肯定したり、軍備を増強せよなどと言っているのではない。

いずれの国家の「国軍」も、憲法上その使命と名誉を保障されず、国民から温かい声援と期待を寄せられることなく、いざという時は国民の生命財産を守って欲しいと言われても、果たして一身を擲《なげう》って国家の要請に応えうるであろうか。

子供でも分かるこの事実を、政治は何十年も放置し続けているのである。

日本人はこの辺りで敗戦と平和ボケから完全に目覚めなければならない。

四、防衛大学校出身の若人に期待する

戦争のない平和な社会で、各国家や民族が協調して、質の高い豊かな文化的生活を営もうとすることは、人類共通の願いであるが、しかしそのためには、それなりの政治体制も経済システムも、そして努力も英知も必要なのである。理想としては理解できるが、朝鮮半島の現実一つをとってみても世界の情勢は、そんな生易しいものではないのである。

韓国の青年たちが、国民皆兵で「匍匐《ほふく》前進」の訓練を受けている夜中に、日本の青年たちが六本木で飲んで歌って踊っていたのでは、日本の将来が思いやられるというものである。そこへいくと、防大出身者は自衛隊の中核にあって、その推進力となり、隊の士気を鼓舞しつつ日夜訓練に明け暮れている姿は、実に頼もしい限りである。

また、世界各地に駐在されている防衛駐在官の凛々しい姿も、誠《まこと》にすがすがしいものがある。各国国民は、駐在官の識見、行動、人柄などを通して「日本」なる国家を想像しているに違いない。

この意味で防大出身者は、国の内外に在って、いわば国家を代表する存在であり、その使命と責任は重大であると言わなければならない。どうか、俗論に惑わされることなく、士操を堅持し、世界の趨勢を洞察され、その本分を全《まっと》うされんことを、切に期待するものである。

（我々の時代と異なり、諸君は広範囲の知識と高度の技術を身につけ、一方、統率学から質の高い修養訓まで、十分な修行を積まれていることと思うので、以下述べることは失礼千万とも思うが、

七十の峠を越えた一先輩の反省記でもあるので、是非参考にしていただきたい）

(一) 一先輩からの助言

① 友と書

私のクラスの一人に（あえて名を秘す）戦後旧制一高からやり直して東大まで出た優秀な男がおったが、ある時、「貴殿は大学入試の資格があるのに、なぜ一高からやり直したのか。一高に入って何が良かったか」と尋ねたことがある。

彼は「友達と読む本が違うね」と一言言った。その時、私はふと与謝野鉄幹の、「友を選ばば書を読みて、六分の俠気四分の熱、友の情《なさけ》をたずぬれば、義のある所火をも踏む」

のあの一節を思い出していた。

友と書が、人間の器《うつわ》、幅と深さと味、その識見を磨くに大事なことは申すまでもないが、誰しも「もっと早い時期にこの友に遭《あ》っていたら、あるいはこの本に巡り会っていたら、やりようがあったのに」と悔やまれた経験がおありであろう。仕事のことに限らず、遊びや趣味の世界でもまた同じである。「碁」など、初段までは、実戦実戦で鍛えていけば誰でもなれるが、三段、四段となるとそうはいかない。本を読んで基本を、しっかり身につけなければ、ある水準以上には上達しない。

私はいまだに片輪人間であるが、それは自分の好きな本しか買わないし、一つのことだけに熱中するタイプだからである。ここで私は、「どんな本を読むべきである」などと言える立場でもなければ知識もないが、ビジネス生活四十年の経験からすれば、人の上に立つ者は、部下から、その専門分野での経験知識を問われるほか、その人の持つ全人格、学問、教養までを、見られていることを悟るべきであろう。

正直申して私などは、将たる者の要件や国家興亡のよって立つ所以のものを「古典」の中から、あるいは武人としての戒めを「戦国武将の家訓」の中から学び得たのは、激しい職務から解放された後のことであった。

また、かつて井上成美校長が青年士官に与えられた「教育資料」などを精読したのは、その「心得」がもっとも活かされる青年時代ではなく、四十代過ぎてからであったことが悔やまれてならない。

おそらく、防大出身の諸君も高度先端技術のかたまりの中にあって、アメリカ海軍のマニュアルを読むだけでも大変、日夜を分かたぬ訓練につぐ訓練、くたくたになってベッドに就《つ》く毎日であろう。が一先輩の失敗を知るだけでも、いささか役に立つのではないか。

一方、我々は全国どこへ行っても「七十五期の○○です」だけですべて通ることになっているが、五十数年経った今日でも、クラスの団結と融和にはいささかの揺るぎもない。この友があればこそ、老後もまた楽しいというものである。

どうか諸君もこの伝統を、防大らしく受け継ぎ、雄々しくやっていって貰《もら》いたい。

② 誇りこそ人生の支え

武人といっても、人間だから誰しも恋もすれば、遊びもする。「ただ酒は飲むな」などと堅苦しいことは言わないが、「筋《すじ》」と「けじめ」をつけて飲むことが大切である。

兼好法師は「色好まぬ男、盃の底なきが如し」とも言っているが、「葉隠」では、酒席での「我がたけ分を能く覚え、その上は飲まぬようありたきものなり」と戒めている。よく「無礼講」でいきましょうなどと言われるが、どんなに飲んでいても、先輩は先輩であることに変わりはない。

こう言う私も「酒癖」が良い方ではなかったから、しばしば脱線、失敗を重ねたが、最後のところで「貴様はそれでも兵学校の生徒か」の一号の声が聞こえて来て留まることが出来た。人生、心に誇りさえあれば倒れんとする自らをも救い得るし、邪《よこし》まな誘惑から身を守ることもできる。

これは肩書きや学問教養とは関係のない、心の内側の問題であるが、誇りある益荒男《ますらお》は、利によって自らの行動を左右されることはないし、会議の席上、私的な利害によって、発言の内容を変えたりはしない。常に正々堂々である。

ここで一つだけ苦言を呈したいが、例年報ぜられる防大出身者の「任官拒否」は絶対止めて頂《いただ》きたい。

このことは、今まで世話になった両親、指導を受けた教官、上級生徒、さらには同僚に対し甚《はなは》だしく礼を失するし、自らが、自らの使命と名誉を否定することであり、人の上に立つべき者のなすべきことではない。大丈夫《ますらお》は義を重んじなければならない。

(二) 防大出身者に託すべきこと

旧海軍を語るにはあまりにも未熟であるが、あとに続く者は第七十八期をもって終わるので、この辺で(筆の立つ間に)心に残ることを書き留めておくことも必要であろう。特に防大出身者には期待するところが大であるので、あの時代に生きた一兵学校生徒が、人生の最終局面において、何を考え、何を訴えようとしたか、これを知っていただくことも意義あることのように思う。

最近、『祖国再生』を出版された瀬島龍三氏は、「歴史を失うことは未来を失うことである」と言われているが、吾々にして見れば歴史に精神的な断点を作ることも残念でならない。一度くらい戦争に敗れたからといって、すべてを見失うほど、日本文化は脆弱なものではない。最近報道された「靖国玉ぐし料訴訟」における最高裁判決は無念の極みであるが、ついに日本もここまで来たかの感を深くする（七十五期出身の三好長官の意見が国民大多数の真情であると思われる）。

しかしそれはそれとして、すくなくとも防大出身者は、先人たちの築いて来た日本の伝統文化と精神を受け継ぎ、これを未来につないでいっていただけるものと信じている。

この意味で諸君に託したいことが二つある。それは、「今次大戦における特別攻撃隊員」の史実と「靖国問題」の扱いである。

① 特別攻撃隊員の史実を忘れるな

（紙面の都合上、その一面しか書けないことをお許し願いたい）

戦局日増しに不利が伝えられる昭和十九年十月末、比島基地に在った大西瀧治郎中将に、同行の記者が「特攻機を出して、この戦争は勝てるのでしょうか」と尋ねられた由である。大西中将は、「会津藩が敗れたとき白虎隊が出たではないか。一つの藩の最後でもそうだ。今や日本は滅びるか否かの瀬戸際に来ている。この戦争はあるいは勝てぬかもしれぬ。しかし青年たちが、この国難に殉じて、いかに闘ったかという歴史を記憶する限り、日本及び日本人は滅びないのです」と言われたそうである（草柳大蔵著『特攻の思想』より）。

特攻が統帥の外道であることは、大西中将自身百も承知していたし、今の世からすれば、「何もあそこまでやらなくとも」と思うかもしれない。

戦後は、「大西は愚将、あれは絶対にやってはいけないことだった」とか様々なことをいう人がいたが、戦いに敗れることがすなわち国家の滅亡と見られていた当時、戦局の推移と日米の戦力差、目の前で零戦がバタバタと落とされていく練度の低さを見たとき、大西中将は民族の名誉と生存を守るためには、最後はこれしかないと決断されたように思われる。

その後、あれほど好きだった酒にも手をふれず、何日か振りで卵が食卓につくと、「これは特攻隊員に回してくれ」と言われたそうである。そして大西中将は終戦に際し、「吾死をもって旧部下の英霊とその遺族に謝せんとす」と書き残し、自ら腹をかき切って、その責を果たされたのである。

批判は色々あるであろう。が、人類史上日本人しかやったことのない、あの壮絶極まりなき闘いのあとを、軽々しく論評したり、結論づけたりすることは、私などにはとうてい出来ない。国家、民族の身代わりとして死んで行ったこれらの英霊に対し、私達は何と申したら心の安らぎと償いが出来るのであろうか。

あえて言わせていただくなら、「日本海軍に、いや日本歴史に最高に誇りうるものがあるとすれば、それは戦艦『大和』でもなければ『零戦』でもない。それは、爆弾を抱えて愛機もろとも敵艦船に体当たりして行った『神風特別攻撃隊員』が我が海軍に在った」という史実ではないでしょうか。

前者は、いわば知恵と技術の結晶であるのに対し、後者は大和魂の「凝縮」であるからである。物はいつしか消え失せるが、魂はこれを受け継ぐ限り永遠に不滅である。私たちはこのことを日本歴史に永久に留め置かなければならない(この思いは、回天特別攻撃隊員についても、陸軍の特別攻撃隊員についても、他すべて同じであることを申し添えておきたい)。

② 靖国神社を失うことは日本人の魂を失うことである

例年私は、八月十五日がやって来ると、靖国神社に参拝することにしているが、祀られている英霊のご両親も兄弟達も、つぎつぎと他界され、年を追うて淋しさを加えつつあるように見受けられる。神殿内の渡り廊下も御社側壁も古くなって、ところどころ傷んでいるが、最近修復が行なわれた様子はまったく拝せられない。

この現状を憂いておられるのは、日本の青年たちではなく、かつて日本軍と生死を共にした台湾や南洋群島の人々である。靖国「遊就館」に展示されてある「遺書」の前に立つと、英霊たちの御魂が私を取り囲んで何かを訴えておられるような気がする。

「堪え難きを堪え、忍び難きを忍び」のあのお言葉を、いまだに守り通しておられるのは、ほかならぬ英霊達なのである。言うまでもなく、自らの民族と歴史に誇りを持ち、先人の偉業に敬意を払うことは、国家存立の基盤であるが、一国の総理でさえ参拝を遠慮しなければならないなどという独立国家がどこに在るであろうか。実に悲しむべきことである。祖先崇拝の精神と歴史認識に欠けた無国籍人がつぎつぎと再生産されて行ったら、この日本の将来は果たしてどうなるであろう。

戦いに敗れるということは、かかる苦渋を忍ぶということには違いないが、靖国こそは、いわば日本人の魂の鎮座するところであり、他国がなんと言おうと、吾々はこれを永久に護持していかなければならない。もし三百万の英霊を見離すようなことがあれば、まさに日本歴史は存在しない。歴史のないところに未来はない。このことだけは後に続く者に、是非託しておきたいのである。

五、結びに代えて

今、日本国民は、世を挙げて高度経済成長の余韻に酔い、溢れるが如き物資の中で、安楽と飽食の時代を満喫しているが、こんな世の中がいつまでも続くと思うことは幻想にしか過ぎない。

今から五十数年前、敗戦という信じ難い事態が起こったように、これから五十年先、百年先にこの日本が、世界のいかなる地位、立場に置かれるかまったく予想がつかない。そのためには、「心に礎を築いておく」ことが、今の日本にはもっとも大事なことなのではないでしょうか。

（平成九年八月）

十．武将と六韜三略《りくとうさんりゃく》（その一）

――吾々はこれらの中から何を学ぶべきか

一、はじめに

前に私はミッドウェー海戦に因んで「孫子」の一端を紹介したが、今回はまた、右の如き表題を掲げて、乱世に処した武将たち、ならびに「六韜三略」についてその概要をご報告したいと思う。

元来私には、この面での才があるわけではなく紙数にも制約があるので、果たしてその真髄がお伝え出来るか否か、はなはだ心もとない気もするのであるが、本年は兵学校入校五十周年という記念すべき年でもあるので、あえてここに挑戦することとした。

それには、次のような思いがあるからである。実は、いつごろ耳にしたのか、「好漢惜しむらくは兵法を知らず」の声が、戦後四十年近いビジネスマン生活の中で、ずっと私の頭から離れなかった。

私たち七十五期は、兵学校を出たとはいえ、零戦に乗って大空を駆け巡ったわけでもなく、

「砲戦用意!!」の実戦場裡に参加したこともない。また、時代が時代であっただけに、学業の方も中途半端で、未完成のまま突如、混濁の世に身を投ずることになったのである。戦後は戦後で私は、形ばかりの法律は学んだが、血となり、肉となったものからは程遠く、企業に在ってはそれやれそれやれと、業務に追われ、じっくり物を考える余裕もなく、いまだに「学びて思わざれば罔《くら》し」の嘆きをかこっている。

その後定年を迎えた私は、今まで読めなかった本が読めると、喜んだ次第であるが、どうせ読むなら「武人?」の端しくれとして、「武経七書」の一つくらいには目を通そうと決意したわけである。

最近になって私は、中学時代にお世話になった、例の「虎の巻」の語源は、六韜三略の中の「虎韜」から来ていることを知ったし、兵学校の道場に掲げられた「柔よく剛を制す」の格言も、実はここから来ていることが解った。

思えば、知らず知らずに身につけていた道徳的規範も価値観も、遠くは、儒教の教えによるところが大きかったように、富国強兵や殖産興業の明治以来の国策も、またその指導理念も、実は、中国の古典や兵法書の中から学び採られたもののように、思えるようになったのである。

そんなわけで「故《ふる》きを温《たず》ねて新しきを知る」ではないが、最近読んだ武将や兵書について、これから思い切って書いて見ようと思うのであるが、クラスの中には、その道の大家が大勢いると思うので、これから述べる私の見解や論点に、誤りや偏見があれば、是非この「古鷹」誌上で訂正をして頂きたい。

私はまず「六韜三略」とは何か、というところから始めようと思う。

二、六韜三略とその歴史的意義

(1) 六韜三略とは何か

この古めかしい「六韜三略《りくとうさんりゃく》」なる文字を見て諸兄は、何を思い出されるであろうか。昔、中学時代の歴史の先生から「周の文王が田《かり》に出て、釣りをしている『太公望』に遭い、その識見と人物に惚れ、これを宮廷に迎え入れる」という話をきいたことがあるであろう。二十一世紀を迎えんとする今日。いまだに釣り人を太公望といい、紀元前五百五十年前の「孔子」や「孟子」が語られ、二千三百年前の「孫子」がアメリカ企業内で研究をされているという事実は、まさに驚嘆に値することではないか。

それはともかく、この太公望の書といわれる「六韜」なる兵法書は、実はその内容が、「文韜」「武韜」「竜韜」「虎韜」「豹韜」「犬韜」の六韜より成っていることに由来し、元来「韜」なる文字は「弓を蔵《おさ》める袋」のことで、ここから「六つの弓箭の道」、すなわち「兵法書」ということになったらしい。

大雑把に見て、この兵法書は、治国の要諦から人材の登用、人心の掌握、人の見分け方、使い方、将の選任、作戦、用兵に至るまで、具体的に「かかる場合はどうすべきか」、あるいは「これをどう思うか」と、文王、武王が質《ただ》しているに対し、太公望が、一つ一つこれに答えるという形で集録されている。

「孫子」が作戦、用兵に重点を置いた兵法書であるのに比し、「六韜」は富国強兵、経世済民に主点を置いた兵法書と見ることが出来る。

一方、「三略」の方は、「上略」「中略」「下略」の三巻より成っており、上略では主として、有功ある者への礼賞、邪臣と功臣の分別、英雄、国家興亡の因って立つところのものを述べ、中略では、覇者たる者、王たる者の心すべきこと、下略では道徳の尊ぶべきこと、あるいは国家安危の理、賢士を傷《そこな》うことによって起こる災禍などが説かれている。

巷間、前者を「太公望の兵法書」、後者を「黄石公の三略」などと称しているが、真の著者が誰であったかは、今もって明らかでない。

(2) 六韜三略の歴史的意義

大化改新（西暦六四五年、以下すべて同じ）に功績のあった「藤原鎌足」が、この六韜三略を暗記するほどまでに愛読したと伝えられているが、遣隋使が六〇七年、遣唐使が六三〇年に始まっていることを思えば、この書は当時派遣された僧侶によって、仏法の経典と共に持ち帰られたように推察される。

いうまでもなく大化改新では、全国を国、郡、里などに別け、私有地を排して公地、公民となし、戸籍を設け、租・庸・調などの税制が敷かれるなど、ようやく近代国家らしい形態が整えられる時期にあったが、この革新事業の推進力となった者は、隋や唐の文化や制度を学んで帰国した憎「旻《みん》」や「高向玄理《たかむこのくろまろ》」など、新知識人たちであったと言われている。

そして、これらの人たちを総括して、上手《うま》く使ったのが「藤原鎌足」であった。

したがって、その際検討されたであろう国家統治の形態や治世の方針、あるいはその指導理念は、この六韜三略に盛られた経世済民の思想が、大きく斟酌され、かつ活用されたように思われる。

その後、藤原家は、歴代天皇の最側近として、摂政関白の権勢を恣《ほしいまま》にするようになったのであるが、その裏には、この六韜三略を暗記するほどまでに学んだ藤原家の文化的遺産が継承され、その時代、時代の政敵を駆逐して、常に政権の中枢に留まるだけの「政略」が、物を言ったように推察される。

このあと歴史は巡って、「坂上田村麻呂」が蝦夷討伐に出向いたのが七九七年、「源頼義」が陸奥、六郡の首長「安倍頼時」と闘ったのが一〇五一年、そして時代は源平の合戦、鎌倉幕府の創設と、いわゆる「武家政権」の誕生を迎えることになったのであるが、この長い、長い年月を通し、「弓箭の道」を志す者にとっては、中国の古典や兵法書は、何物にも代え難い、貴重な「知識源」であったように思われる。

とりわけ一国を領有し、経世済民、富国強兵の実をあげる必要のあった戦国時代の所謂《いわゆる》「国主」あるいは「大名」と言われた武将たちにとっては、「孫子」や「六韜三略」は、軍略・治世の指南書として、常に彼らの座右に置かれたに相違ない。

「座右の書」という言葉が、いつ頃から使われるようになったかは、私は知らないが、それは現代のビジスネマンが、企業の経営戦略を練るために、経営書を読むのとは桁が違うように思う。それは、彼らにとっては自らの生命財産を守るためのものばかりでなく、何千何万という人民の生死にかかる重大問題であったからである。

ただ鉄砲伝来後の戦術の転換と技術革新につれて、これら古典に対する評価は、大きく変貌することになるのであるが、それらは主として、個々の戦術面においてであっても、この中に述べられた治世や軍事上の哲学は、その後も「〇〇流の軍学」、あるいは「〇〇家の家訓」などとなって、今日に伝えられているように思われる。

今改めて、これらを読み返して見ても、①政治を志す者、②軍令軍政の職に携わる者、あるいはいかなる集団であれ、その中で③長と名のつく者にとって、この書がいかに示唆に富んだものであり、学ぶべく多くのことが含まれているかに、驚かざるを得ない。

しからば、六韜三略にはどんなことが書かれているかということになるのであるが、私はその前に、武将とは何か、彼らは乱世の中で、いかに処したかの一端を押さえておかなければならない。

三、武将、その中に見る人間像

(1) 私の選んだ十五人の武将

今私の手許には、元国学院大学教授であった「桑田忠親」先生の書かれた「新編日本武将列伝」六巻があって、遠くは「坂上田村麻呂」から近くは「徳川家康」まで、約八百年にいたる日本歴史に登場する代表的武将、百人の、生い立ち、戦績、その人となりが、詳しく描かれている。

さらに末尾に、「武将抄伝」が付記されてあって、セカンドクラスの武将、つまり「原義家」に対する「安倍貞任」「楠正成」に対する「正行」の如き武将、百四十六人の抄史が紹介されてある。

今私は、これらを通覧して、これまで私の頭の中にあった雑然とした武将に対するイメージを、目下整理中であるが、一流の武将といわれる者は、いずれも武勇に秀れ、臣下の統率に厳正で、作戦、用兵の妙を心得、諸事にわたって周到な配慮と緻密な計画性を兼ね備えた者が多い。

ただ時代の変遷につれて、武将に求められる要件は、闘いに勝つための能力以外に、領国を統治する能力、その人の持つ徳性、人物、識見が求められるようになった。

「孫子」では、将たる者の要件を「知」「信」「仁」「勇」「厳」の五要素においているが、「六韜」では、この「厳」の代わりに「忠」をあげている。

これらは、近代国家における軍隊の「将」に求められる要件、徳性に今なお引き継がれている。

さて、以上のことも念頭において「名将」たるの要件を整理すると、概《おおむ》ね次のようになる。
①多くの合戦に勝利を収めた実績があること。
②兵略、戦術に長けていること。
③知略、外交に巧みであること。
④経世済民、治政に秀れていること。
⑤人の見分け方、使い方が上手い。
⑥学問・教養がある。
⑦信義に厚い。
など、以上の中で、乱世に処しては、学問教養はなくともよいと見る向きもあるが、「教養」は別にして、「智」なき者は「将」たるに値しない。

さて、このことを前提として、前掲二百四十六人の武将の中から「名将英傑《えいけつ》十五人」を選ぶとすると、諸兄なら誰を推すであろうか。

私は誌上での批判も覚悟の上で、次の十五人を選ぶことにした。

①八幡太郎義家　②平清盛　③源頼朝　④源義経　⑤楠正成　⑥足利尊氏　⑦北条早雲　⑧太田道灌　⑨武田信玄　⑩上杉謙信　⑪毛利元就　⑫伊達政宗　⑬織田信長　⑭豊臣秀吉　⑮徳川家康

残念なことに十五人としたために、「平将門」や「木曽義仲」、あるいは「石田三成」の如き武将は洩れることになったし、教養ある武人としては一流であるが、「太田道灌」は芳しくないと見る人もあろう。また、素晴らしい戦績を残したとしても、「義経」は他の武将に比し、スケールが小さいと思う人もあろう。

ただ私は、頼朝よりは義経の方が好きだし、信玄よりは謙信の義と男らしさを買う。もちろん、好悪の情をもって、武将を評するなどは、もっての外のことであるが、そこは賢明な諸兄のことだから、私の見方に誤りがあれば、これを正して、評価していただけるであろう。

以下は安心して、私の見る武将の側面、その人物像を大胆に述べることとしたい。

(2)武将の側面、その中に見る人間像

○「義経」の疾風迅雷。あの神の如き「早業《はやわざ》」は鞍馬寺や平泉で学んだ兵法によると言われているが、闘いにおける彼の閃きは、天性のものであり、逆境の中で、鍛えに鍛えた「魂」の迸《ほとばし》りであったように思う。義経のあの純情で、多感で、かつ真率な姿は、まさに「海軍兵学校生徒」そのものではないか。

○これに反し、「頼朝」は、いかに棟梁としての器量があり、統治能力に見るべきものがあったにしても、異母兄弟の義経、範頼をはじめ、叔父の行家、従兄弟の木曽義仲、さらには平家追討に功労のあった家臣たちを、つぎつぎと殺してしまったあの猜疑心は、私にはとうてい我慢がならない。頼朝は源氏を再興したが、その一方で、源氏滅亡の大罪を犯してしまったのである。

○片や素浪人から身を起こし、伊豆の「堀越公方」「大森藤頼《ふじより》」の「小田原城」を乗っ取り、一夜にして相模の覇者となった「北条早雲」、彼の奇計を弄した謀略戦は、いかに乱世とはいえ、あまりにひど過ぎると見る向きもあるが、反面、民を愛すること親の如く、医療や食糧を窮民に施し、租税を大幅に軽減して、大衆を引きつけたあの手腕、そして温情ある処遇によって、逐次、近隣豪族を配下に帰順せしめた知略、出自こそ定かではないが、早雲はかなりの大物であったように思われる。

○また「信玄」は「人は石垣、人は城」の如く人の見分け方、使い方が上手く、知略外交に秀れ、戦略・治世に天稟《てんぴん》の才を発揮したのであるが、その一方で、乱行あるとはいえ、実父「信虎」を追放し、吾が子「義信」を自害させ、つぎつぎと近隣諸国を攻略して、自らが死に追いやった「頼重」の娘を、吾が側室に迎え入れるなど、信玄の諸行には、何か納得致しかねる点が多い。

○これに反し「謙信」は、生涯、義ならざる戦いはしたことがなく、困るとあれば敵にさえ塩を送った。

謙信の戦法は「義経」流とも言われているが、常に戦闘集団の先頭に立ち、即断即決、機敏なること「隼」の如きであったという。その戦いの見事さは、史家万人の認めるところであるが、心中、天下統一への野望も、邪心もなく、ひたすら義を重んじ、こよなく酒を愛したという。

晩年、「信玄」が吾が子「勝頼」に対し、「吾が亡きあとは、努めて戦いを避け、いざという折は謙信に托せ」と言い残したと伝えられているが、生涯の宿敵に対し、かく言わしめたこの一事をもってしても、謙信がいかに信義に厚い武将であったかが想像できる。

霜は軍営に満ちて秋気清し
数行の過雁　月三更

満天の星空を仰ぎながら、この謙信の詩を吟じたのは、ついこの間のことのような気がする。吾々にとって謙信は、幼き頃の夢と憧れを乗せた、武将中の武将であったのである。

さて、信長、秀吉、家康の三英傑については巷間語り尽くされているので、あえて多言を要しないところであるが、ここでは趣を変えて、私なりの所見を述べることにしたい。

○「信長の徹底した合理主義、権威の否定と改革への情熱、治世における勇断など、これらを近代化への「曙光」と見なし、高く評価する向きもあるが、あの冷厳な目指し、神仏を恐れぬ諸行、老若男女を問わず皆殺しにする非情さ、あれは英傑たるの資質と雅量に欠け、私には一種の気違いにさえ見える。

信長が本能寺の変であのような最期を遂げたのは、あるいは朝廷の公家たちが、民族の将来を案じ、秘かに一計を授けたかもしれない。

○「秀吉」の気宇壮大で、茶目っ気のある明るさ、人に接する温和さ、あれは庶民の持つ感情であって、由緒ある家系の冷厳さではない。秀吉には天性の才と、万人に好かれる資質があって、予想もしなかった天下統一への夢が向こうからころがり込んで来たようにも思えるのであるが、天下人となってからの彼にはそれなりの勝手さも、非情さも、かなりあったように思われる。

それだからこそ、晩年、「秀頼のこと、よろしく頼み申し候、頼み申し候」と、英雄の末路としては、何か物悲しい、醜態を演じてしまった。秀吉には「江戸」へ移封を命じた徳川家康の無気味な存在が、最後までつきまとっていたように思われる。

○一方、「柴田勝家」と共に、城を枕に自害した「お市の方」、大坂落城に際し、最後まで家康の軍門に降らなかった「淀君」、勝ち気で、美貌で、才長けたこれらの女性《にょしょう》たち、あの気位の高さと死の見事さ、私は彼女らの中にこそ戦国武将の心根を見るのである。

「お市の方」の辞世は、

　さらぬだに打ちぬるほども
　　夏の夜の　夢路をさそう郭公《ほととぎす》かな

とあったと言われているが、この美しい、才たけた女性に「あなたとならば一緒に死にましょう」と言わしめた「柴田勝家」なる武将はおそらく、男の中の男であったのであろう。

かつて、勇将「浅井長政」に嫁《とつ》ぎ、小谷、落城の悲運にあって、柴田勝家に再嫁し、今また「北の荘」火中の中に、秀吉の思いを受く。だが、「お市の方」には、これ以上の屈辱は耐えられなかったに違いない。

しかし、彼女が遺《のこ》した長女「茶々」が「秀頼」を生み、三女「小督《こごう》」が「家光」を生んで、彼女の魂は、その後の歴史に蘇ったのである。

○最後に「家康」は、「方広寺」の鐘銘に難癖をつけ、大坂城の外堀、内堀を埋め、恭順の意を表わした「秀頼」を自害にまで追い込んだ非情さ、老獪さによって、世上ことのほか人気がなく、俗に「狸爺《たぬきおやじ》」と評されている。

しかし家康は、信長と異なり、武田の家臣を手厚く処過し、武田家に伝わる軍学と治世の経略を、徳川三百年の礎を築くために、これを活用したという。

信玄が心血を注いで編み出した武田流の政治軍事哲学が、その後も「甲陽軍艦」となって今日に残っているのは、家康の見識と学問好きのお陰であろう。

「人の一生は重荷を負うて、遠き道を行くが如し、急ぐべからず」の彼の人生哲学は、ハイテク時代の今日に、そぐわないと見る人も多いと思うが、「勝つことばかりを知りて、負くることを知らざれば、害《わざわい》その身に至る」の方は、しみじみ味わうべき名言であるように思われる。

四、歴史上の意義ある合戦

歴史年表に書き留められた著名なる合戦は、五二七年、筑紫の国に起こった「磐井《いわい》の乱」以来、一六〇〇年の「関ヶ原の合戦」まで、およそ一千年の間に「三十五」度に及ぶ。

もちろん、この中には、小規模な攻城戦や反乱、一揆などは含まれていない。

吾々が習った日本歴史は、まさに戦乱の明け暮れであったようにも思えるが、実際に調べて見ると、約三十年に一度の割合で、大戦、大乱が起こっていることになる。

本来であれば、ここで私は、歴史上の著名なる合戦を挙げて、これを解説するのが筋とも思うが、今さら、人口に膾炙《かいしゃ》している闘いのあとを、振り返って見ても、あまり意味がないように思う。

そこで今回は、歴史上特に意義ある闘いと思われる「四つの闘い」をあげて、私なりの所見を述べさせて頂こうと思う。

(1) 白村江《はくすきのえ》の戦い（六六三年）

「白村江」と申しても、諸兄の関心はあるいは薄いかもしれない。

それは、この戦いが千三百年も前の、百済、新羅といわれた時代の外つ国の出来事であるからである。しかし、私があえてこれを取り上げたのには二つの理由がある。

一つには、有史以来、倭朝廷が足場にして来た南朝鮮における権益が、この闘いに敗れることによって、完全に失われたという歴史的意義があるからであり、二つには、この闘いが日本軍の参加した水上戦であり、かつ奇抜な戦法が取られたという史実があるからである。

当時、中国の「唐」がなぜ「百済」追討に立ち上がったのか、そして倭朝廷がなぜあのような大軍を百済に送らざるを得なかったのかの理由や背景については、ここで詳しく述べる余白はないが、この戦いに参加した日本軍は、百七十艘、二万七千人といわれ、そのほか、夥《おびただ》しい兵装資材が百済に運び込まれている。

この倭の水軍が「周留城」の攻防をかけて、錦江の河口「白村江」で唐の水軍と激突したのである。日本水軍といえば、いわば海軍の大先祖、私には尠《すく》なからざる関心が湧くわけであるが、その時の船の大小、一船当たりの兵士の数、あるいは装備など、残念ながら当時の史料がなく、ほとんど解っていない。

ただ唐側の史書によると、「四度び戦って捷《か》ち、その船四〇〇艘を炎《や》く、煙と焔、天に漲《みなぎ》り海水皆赤し」とあり、日本水軍は唐水軍の火攻め攻撃にあって、惨憺たる敗北を喫したようである。「海水皆赤し」とあるは、兵士の屍《しかばね》によるのか焔によるのか、判然としない点もあるが、この時の情景を想像していると、無念にも、あのミッドウェー海戦時の火に包まれた「赤城」

「加賀」の姿が思い出されてならない。

実は、火を放った小舟を敵船団の中に突入させるというやり方は、日本水軍にとっては、思いもよらぬ戦法であったと思われるのであるが、唐軍にとっては、すでに遠く「赤壁の闘い」にこれを見ることが出来る。

いうまでもなく赤壁の闘いは、八十万と言われた「曹操」の大軍が、「孫権」「劉備」の連合軍三万の、降服と偽った詭計、火攻め攻撃にあって、天下統一への夢を阻まれた歴史的な闘いであったが、この時の様子は、「火烈しく、風猛《たけ》く、船往く処箭《や》の如し」とあり、風上より火舟を突入させたようである。

話は飛躍するが、私は、「酒を対《まえ》にしては当《まさ》に歌うべし、人生幾何《いくばく》ぞ」の詩を謡ったあの曹操が好きである。

かつて「魏武注孫子」を著わしたほどの武将曹操がちょっとした油断から、取り返しのつかない大事を招いてしまったこと、まさに惜しみても余りあるものがあるのであるが、この曹操の中に私は、今次大戦時の「山本五十六大将」の面影を偲《しの》ぶのである。

(2) 前九年の役（一〇五一年〜）

私が最後に勤務した「二本松」というところの工場敷地内に、「あぶ摺《す》り石」という史跡があって、これは昔時、「原義家」がこの地を通った時、馬の「鐙《あぶみ》」がこの石を摺ったということから名付けられたものという。

この敷地は、小高い丘陵地帯を削って造成したものであるが、この由緒ある「石」は、丘陵側面の崖っぷちにあって、眼下に阿武隈川が曲がりくねって流れている。

私は、こんな険しい道なき道を、陸奥の国まで、義家軍もさぞ大変であったであろうと思ったり、「鐙《あぶみ》」が「石」にふれたのであれば、当時の馬は背の低いものであったのであろうなど と、昔時を回想した。

当時の人たちは、今の人とは較べようもない、強靭な体をしていたのであろうが、兵装に身を固め、食糧を背負って、京より坂東へ、坂東からみちのくへ、さぞ長い長い苦難の道のりであったことであろう。

さて、それはそれとして、この八幡太郎義家が、父頼義軍に従って、陸奥六郡の首長、安倍頼時、貞任軍と闘ったのは、今から約九百四十年前、時に義家は若冠十九歳、豪勇にして大胆、強弓を射ること、まさに神の如しであったという。一方、頼時軍も勇猛果敢で、実に手強い相手であったらしい。

東北特有の気象条件と山野に育った頼時、貞任軍は、ゲリラ戦が得意で、行動は軽捷、神出鬼没、さらに加えて雪と寒さ、食糧難。さすがの頼義、義家軍も苦戦の連続であったと言われている。

後年、史家が、例の「衣の館は綻《ほころ》びにけり」と義家が貞任を追いつめると、貞任は馬を返し、「年を経し糸の乱れの苦しさ」にと応じたと伝えているが、両軍の闘い振りは、こんな風流を交えての一戦とは、程遠いものであったように推察される。

ＮＨＫの大河ドラマ「炎立つ」が、近く放映されるときいているが、この中で当時の闘い振りがいかに描かれるか、私は興味深くこれを待っている。

いずれにしてもこの闘いは、安倍一族の頑強な抵抗にあって一進一退、いずれが勝つかまったく予断を許さない状況にあったが、義家を初めとする坂東武者の獅子奮迅の働きと、出羽、清原一族の支援によって、遂に頼時・貞任軍を衣川の柵以北に敗走させることが出来た。
顧《かえり》みてこの戦いは、歴史的に、いくつかの点で、極めて重要な意義を持っていることが解る。その一つは、皇民化政策を取り続けて来た大和朝廷の権威が、この闘いに勝つことによって堅持されたこと、二つにはこの折の功績によって、源氏が朝廷側近の武弁《ぶべん》として、重く用いられるようになったこと、三つには坂東の地に源氏の勢力が確固たるものになったこと、の三点があげられよう。

実は、この闘いに参加した坂東の武者たちが、義家の武勇と人格にふれて感銘し、「たとえ、将来、京に反するようなことになったとしても、源氏にだけは逆らうこと勿《なか》れ」と言わしめたという。このことは、後に続く「後三年の役」で、朝廷が、これを私闘と断じ、何ら顧みることがなかったことに対し、義家は、自らの私財を投じ、坂東の武者たちに、厚く報ゆるところがあったからだと、言われている。

果たして、そのためだけであったであろうか。

後年、頼朝が鎌倉に挙兵した際、関八州の武士たちが喜んで鎌倉に馳せ参じたのは、実は、義家の武将としての力量もさることながら、あの酷寒の中で、兵士と共に馬肉を喰らい、凍える兵を自ら抱えて温めたという、彼の温情がそうさせたように思われる。

ある作家は、このことを「この祖先の遺徳がなければ、頼朝の如き、平家追討はおろか、鎌倉幕府の創設など、とうてい出来なかったに違いない」と書いている。

さて、話を元に戻すが、この前九年の役後、京に帰った義家は、陸奥での闘い振りを報告したが、これを聞いていた「大江匡房《まさふさ》」が、例の「好漢惜しむらくは兵法を知らず」といったという。これを知った義家の家の子郎党たちは、大いに憤慨してこれを主人に注進したが、義家は怒るどころか、かえって辞を低うして「匡房」の門を叩いたという。

このことが、後に「後三年の役」で「行雁、にわかに列を乱す、これ伏兵あり」とあわや難を免《まぬが》れた、という逸話になって残っている。遠く異郷に在って、戦乱の明け暮れに、身を投じて来た義家にとっては、兵書を繙《ひもと》く機会など、およそ取れなかったと思われるが、しかしこの話は、後世の史家が「文武両道」の大切さを言うための、作り話であったようにも思われる。

義家ほどの武将ともなれば、千変万化、雲流るるを見ても、その異変に、臨機応変の措置をとったであろうことは、想像に難くない。

ただ、この話が作為のものであったにしても、私にはその折りの義家の気持ちが、痛いほど解るような気がするのである。

かつて吾々も、あの江田島で、獰猛比類なき一号生徒（第七十三期）に鍛えられ、「強靭な肉体」と「不撓不屈の精神」と、さらに加えて燃ゆるような「使命感」をもって、戦後復興の嵐の中に飛び込んで行ったが、この義家の大江匡房の門をくぐった時の「情景」が、まるで、あの時の吾々の姿のように映るではないか。

(3) 厳島の戦い（一五五五年）

いうまでもなく宮島は、吾々兵学校生活を送った者にとって、思い出深い場所である。

全力を振り絞って、漕ぎに漕いだあの十マイルの「宮島遠漕」、あの時、吾々はどんな姿でゴールに入ったのか、今は記憶に定かでないが、オールを抱えて、うつ伏せに、しばらく頭が上がらなかったのではないか。

ふと気がつくと、右手に内火艇が見えて、その向こうに厳島の海岸線が白く光っていたように思う。

毛利元就が上陸したと言われるのは、あの白く見えた海岸線辺りであろうか。

その時、「弥山」はいかなる佇《たたず》まいをしていたのであろう。そう言えば、あの「弥山登山競技」は本当にきつかった。

前半張り切り過ぎた私は、意識も「朦朧」として辺りの木々も解らず、ころげるように門前ゴールに辿りついた。

七十年近い人生の中で、私はあんなに苦しい経験をしたことがない。

しかし一方、楽しい思い出もある。

帆走巡航に出た私たちは、酒保を一杯積み込んで、「娘さんよく聞け、生徒さんに惚れるな」と土曜日の夜半、宮島沖まで来て、赤い大鳥居の近くに投錨した。

翌朝、目を覚ますと、なんと「カッター」は砂上に鎮座しているではないか。

押せども、引けどもカッターは動かず、散々な目にあったことを思い出す。


実は、この思い出深い厳島で、今から約四百五十年前、「毛利元就」と「陶晴賢」の大軍が、雌雄を決して、血みどろの闘いを演じたことを、当時は知らなかったのである。

十六世紀の半ば、長門、周防には「山内義隆」を滅ぼした「陶晴賢」がおり、出雲、石見、因幡地方には「尼子晴久」があって、安芸の毛利元就は、この中に在ってもっとも弱小であった。

元就はこの弱小軍団を率い、陶晴賢の大軍に勝つためには、これらを狭隘な地形におびき寄せて、一気に勝敗を決するしかないと思ったようである。

そこで元就は、厳島に「偽城」というべき「宮ノ城」を築いて、間諜を放ち、「宮ノ城を築いたのは失敗であった。晴賢軍に攻められたら一たまりもない」とわざと流言させ、晴賢が、厳島攻略に出向くようあれこれと工夫したようである。

当時厳島は、海上交通の要衝にあって、ここを制圧することは「制海権」を握ることになる。この計にまんまと乗った晴賢は、五百艘の兵船と二万の大軍を率いて宮ノ城攻略に向かった。これを見ていた元就は、軍を三手に分け、自らは二千の兵を率いて、暴風雨の夜、晴賢軍の背面「包ヶ浦」に上陸して、これを急襲したという。

あの鹿の鳴く、紅葉谷の公園辺りが主戦場になったらしい。さしもの晴賢軍も、不意を突かれて混乱し、島の北辺山中に逃れたが、晴賢は追いつめられて「大江ノ浦」で自刃したという。

毛利元就は、この闘いに大勝したことによって、一躍、長門周防の覇者となり、尼子一族を滅ぼして中国地方の大大名となった。

その後、幾たびか危機に直面したが、豊臣、徳川時代を上手く乗り切り、雄藩としての面目を全うした。後に「薩長連合」と歴史は巡って、明治維新の大業を成し遂げる、その源泉となったことを思えば、この厳島の闘いは、歴史的に実に意義深い闘いであったということが出来る。

今でも厳島神社の祭礼には、周辺大小の船が旗を靡《なび》かせて参集するときいているが、この中にはおそらく、当時闘った「村上水軍」の末裔《まつえい》が含まれていることであろう。

(4) 長篠の戦い（一五七五年）

かつて私は、仕事の都合で愛知県「岡崎市」に七年間住んだことがあるが、この地は徳川家康の生まれたところで、やたらと社寺仏閣の多い町であった。「藤吉郎」が渡し舟の中で「こも」を被《かぶ》って寝ているところを、「蜂須賀小六」に叩き起こされたというあの「矢作川《やはぎ》」が西北に流れ、市の中心部には史跡「岡崎城」があって、家康の「うぶ湯」に使われたという井戸がいまだに残っている。また、市の北方には、松平家の菩提寺「大樹寺」があって、ここには徳川歴代将軍の「位牌」が祭られている。

私は、この由緒ある土地に住みながら、文化的遺産や周辺の戦跡などを探訪もせず、慌ただしく岡崎を去ってしまったことを、今もって後悔している。

ただ私のおった「岡崎技術センター」は、旧海軍の飛行場あとに建設されたものであって、昔時この地から飛び立って征った多くの若者たちを偲びながら、私は居酒屋の片隅でよく「同期の桜」と「白虎隊」を歌ったものだ。

こんな折、期友の川口良秀氏（三菱商事）、太田勇三郎氏（曙ブレーキ）などの訪問激励を受け、勇気づけられたものである。

ある日のこと、川口兄と市内で飲んで、たまたま拙宅までお越し願ったのであるが、相変わらず海軍の話ばかりをする私に対し、「川口」が、「奥さん、七十五期の中にもこういう人は余りおりませんよ」と言われたことが、今でも吾が家の語り草になっている。

さて、それはそれとして、この長篠の闘いで、徳川軍の発進基地となったこの岡崎から、織田・徳川軍が布陣した「設楽原《したらがはら》」まで、私は、何回かこの前を通りながら、車から降りもせず、過ごしてしまったあの日のことが残念でならない。

申すまでもなく、この長篠の闘いは、織田・徳川の連合軍、三万五千と、武田軍一万五千との「長篠城」の攻防をかけた壮絶な闘いであったが、史実に見る如く、天下無敵といわれた武田精鋭騎馬軍団が、織田・徳川軍の「鉄砲隊」によって、壊滅的な打撃を受けてしまった。いわば、戦史上、画期的な一戦であった。

当時の鉄砲は弾薬を詰め替えるのに、時間がかかり、有効射程距離も七十メートルそこそこ、足軽鉄砲隊「何するものぞ」の思いが武田軍にあったようである。

しかし信長は、三千梃の鉄砲を三段構えに配置し、その前面に木柵を設けて、武田騎馬軍団の猛襲を防いだのである。

今から思えば勝頼は、なぜ側面から攻撃しなかったのであろうか。

正面には囮《おとり》の兵を進めておいて、その隙に、側面から騎馬隊を進発させれば、あれほどまでの大敗は喫しなかったように思われる。

だが信長もさるもの、山と川の地形から見て、武田の騎馬隊は、この方向からしか攻められないというところに、「柵」と「溝」を設けて待ち構えていたのである。一方、勝頼には、父信玄公以来、常に、二～三倍の敵を蹴散らして来た、吾が軍団に対する自信と誇りがあった。

たとえ第一次の攻撃に、かなりの犠牲者が出るにしても、第二次、第三次と猛襲をかければ、かならず織田軍は崩れると確信していたようである。しかしこの攻撃は、第四次にわたって、ことごとく失敗し、多くの優秀な武将を失うことになってしまった。

戦い終わって、甲府に帰った勝頼は、「信長が、鉄砲と障碍物を組み合わせて、あのような戦術を取ろうとは、まったく予想だにしなかったし、織田・徳川軍は一体、何発の弾丸を用意して来たのであろうか。攻めども攻めども、撃ってきた」と述懐したという。

いずれにしてもこの闘いは、いわゆる「騎馬戦」から「歩兵戦」へ、「個人戦」から「組織戦」へ、戦術の一大転換をもたらした。歴史上の画期的な一大決戦であったのである。

話は飛躍するが、先般ある雑誌に「日本陸軍は、旅順攻略戦で、なぜ長篠の教訓を活《い》かさなかったのか」という小論が載っていて、私は、これを興味深く拝見したのであるが、陸軍のことは別にして、吾々もまた、この闘いのあとを顧みて、いくつかの点で反省される点が多い。

かつて吾々は、「無敵海軍」を自負し、その士気と、練度と技倆において、揺るぎなき自信と誇りを持っていた。

しかし、アメリカ軍の「レーダー」と新開発の「信管」技術によって、致命的な打撃を受けてしまった。かくいうは、海軍を志した者として、痛憤の極みであるが、勝頼の抱えていたあの勇猛心と、闘えばかならず勝つとの信念は、何か帝国海軍を象徴しているように見えるではないか。

かつて吾々も愛唱した「うんと練れ、練れ攻撃精神、大和魂にゃ敵はない」これが、かつての吾々海軍の一面であったように思う。このことを、苦々《にがにが》しく思っていたのか、前線から帰ったばかりの兵学校の教官が、「吾に大和魂あれば、彼にヤンキー魂あり、魂だけでは戦争に勝てない」と言われた、あの日のことが忘れられない。ただ私はここで、当時の教育方針や敢闘精神を、批判するつもりは、さらさらない。

今でも私は、あの大戦に勇戦奮闘した先輩たちに、限りなき誇りと敬意を表している。いずれの民族が、あれだけの敵を対《まえ》にして、あれだけの戦いが出来るものか。

しかし、言うまでもなく、遠くはローマの時代から今世紀に至るまで、歴史は常に、技術革新に勝った方に微笑むことを物語っている。

（平成五年九月）

十一．武将と六韜三略（その二）

五、家訓の中に見る武将の生きざま

以上、私は日本歴史に登場する代表的武将ならびに意義ある合戦の跡を顧みてきたが、しからば彼らは、いかなる環境の中で、何を学んできたのであろうか。

(1) 武将達の学問と教養

江戸の築城と「山吹」の古歌で有名な「太田道灌」は、九歳にして鎌倉の「建長寺」に入り、和歌や史伝、兵書の勉学に励んだといわれているが、十一歳の折、父に書き送った作文が流麗壮大にして、すでに大人も及ばないほどのものであったという。

当時、鎌倉五山には、碩学、名僧が多数集まり、足利学校、金沢文庫などの環境・背景に在ったから、彼の学識は相当のものであったらしい。東国武士の「道灌」が京に行って、時の朝廷公家たちと歌問答をやっても少しも遜色がなく、「後土御門天皇」が「武蔵野は苅萱のみと思いしにかかる言葉の花や咲くらむ」と激賞されたといわれている。

一方、「上杉謙信」は七歳にして「林泉寺」に入り、名僧「天室光育」の薫陶を受け、次の如きものを学んだと伝えられている。
① 四書五経　老子　荘子
② 書道　和歌　漢詩　国学一般
③ 茶の湯　能樂　趣味として尺八
④ 「琵琶」を好み平家物語を愛護　義経の戦術に傾倒
また「武田信玄」は、「恵林寺」において、諸子百家、禅宗、漢詩、和歌、書、絵画などを学び、特に「孫子」や「呉子」の兵書を愛読したという。さらに史書によると、「毛利元就」の家臣「玉置吉保」は、十三歳より「勝楽寺」において次のような教育を受けたと誌されている。当時の武士たちが、いかに高度の学問教養を身につけていたかが推察できる。
十三歳　習字　般若経　観音経　庭訓　往来　貞永式目　童子教　などを読む。
十四歳　四書五経　六韜三略　などの素読を受く。
十五歳　古今和歌集　萬葉集　伊勢物語　源氏物語等古典の講釈をきき、和歌　連歌　などを学ぶ。
この傾向は、乱世の時代から治国平成の時代につれて、ますます充実したものになっていったことはいうまでもなく、一家臣がこれだけの勉学をしていたのであるから、その主君たる奥向きの教育がいかに高度のものであったかは想像がつく。当時は現代の如く「物理」「化学」といった教科があったわけではなく、「sine」「cosine」や「微分方程式」を解く必要はなかったにしても、その間口の広さと水準の高さには驚かざるを得ない。

十四歳にして、四書五経や六韜三略が完全に理解できたとは思わないが、現代の青年に比し、人間としての基礎教養がいかに高いものであったかは理解できよう。

今にして思えば武士たちが、あの厳しい環境の中で気力と胆力を練り、兵書に学び、武術で心身を鍛え、その一方で和歌や古典に親しみ、感性を磨き、識見と人格の形成に並々ならぬ努力をしていたことを思えば、安楽と飽食の時代に生きる吾々は、ただただ頭の下がる思いがするのである。

(2) 家訓の中に見る武将の生きざま

彼らがいかなる心構えで戦場に臨み、いかなる哲学をもって治政に取り組み、かつまた、いかなる処生観をもって日常生活を送っていたかは、彼らが残した「家訓」の中にこれを見ることが出来る。

ここでは、①武田家に伝わる信玄家法の中から「武田信繁の家訓」及び②北条早雲の子「北条氏綱の家訓」の一節を紹介したい。

「信繁」はいうまでもなく「信玄」の実弟で、「信虎」より兄よりも信頼されていた人物であるが、三十七歳の若さで例の「川中島の闘い」で戦死している（以下の家訓は余りに長文なので、ここではその要旨を圧縮修文してある。ご了承願いたい）。

① 「武田信繁の家訓」（要旨）

一、武田家の主人である信玄様に対しては、後々の代まで謀叛の心を起こしてはならぬ。いかなる火急の際にあっても、つねに正しい行ないの上に立ち、その身転び倒るるような難儀の生じた場合でも、きっと正義の行ないをせよ。
一、主君にお仕へ申すに当たっては、つねに真心をもってなすことが大切である。
一、武人にとってもっとも大事なことは、弓馬に対する常日頃の心掛けである。特に武勇については平素からこれを嗜《たしな》んでいなくてはならぬ。
一、武士であるからには、どこまでも武具に対する心がけを怠ってはならぬ。馬に対してもよく手入れをし、愛撫することを忘れてはならぬ。
一、武士として戦場に臨んだならば、少しの卑怯未練の振舞いがあってはならぬ。
一、他国の状勢については常に注意していて、その出来事については善悪にかかわらず、よく見聞しておくことが良い。
一、戦場に臨んで敵と対陣したならば、敵陣の方でまだ防備の不十分な個所を撃ち破るがよい。
一、敵に向かう場合、千人で正面から当たるより、百人で横合いから攻めた方が効果が上がることが多い。千人で門を押すより、一人で閂《かんぬき》を守るにこしたことはない。
一、味方の勝ち戦さという状況になったならば、その場に足を留めず、一気に敵陣を踏み破るがよい。
一、味方の軍勢の旗色が悪くなった場合でも慌《あわ》てず、ことさら敵に対し侮蔑の感を抱くようにせよ。善陣はむやみに闘わず、善戦はやたらに死なぬということわざがある。
一、敵陣の様子を見てその勢いが優勢であるとか、防備が完全であるとか、人前で敵軍の美点を論じてはならぬ。また敵方の悪口を云う者がいたら、深くこれを戒めなくてはならぬ。
一、武略のことはもちろん、その他のことについても秘密にすべき事柄については、絶対に他言を慎まなければならぬ。

一、忠節の念の堅固な家来を忘れるようなことがあってはならぬ。家中の者に対しては、慈悲の心を忘れてはならぬ。

一、食物がどこからか到来した場合には、家来たちに少しずつでもこれを分配してあげるがよい。

一、何事につけても争うことは好ましからぬことである。ゆめゆめ内紛の種子をまきちらしてはならぬ。

一、善悪の事柄については、十分取り調べた上で賞罰を与えるようにせよ。召使いの者を折檻する場合には、小事の過失は単に訓戒に留め、大事の過失、赦《ゆる》すべからざる罪を犯したときはその者の一命をも取り上げなくてはならぬ。また善行があれば、たとえ些細なことがあっても賞揚することを忘れてはならぬ。

一、諸人から意見があったならばこれに逆らうことなく、十分自らを反省すべきである。下々の者たちが何かにつけて批判の声をもらすことがあるから、それを良く聞き届けてこれを参考にして、ひそかに工夫をこらすがよい。

一、下々の者に対しては寒さ暑さにつけ、風雨に際しても憐みの心を惜しんではならぬ。春、夏、秋の忙しい間はみだりに課役を命じてはならぬ。

一、人の命を奪うことは決してしてはならぬ。国を安泰に治め、家庭を平穏にする基は良い人物を得るにある。国を亡ぼし、家を破滅するのは良い人物を失うからに因る。

一、多くの者を召し使っているのであるから、それぞれの者に対してその器量に従って使用するようにしなくてはならぬ。党類の者だからといって、特別贔屓《ひいき》して取り立てるようなことをしてはならぬ。

一、租税に対しては、ある者は労働をもってこれを償い、ある者は知行の中からこれを納めるという場合があるが、常に知行だけに頼って納めるというやり方は、余りに横着で怪しからぬことである。

一、無知な者に対しては、よくよく情を加えてやるがよい。善い政とは、すなわち民の生活を全うさせることにある。

一、学問の道については、決して等閑《なおざり》にしてはならぬ。「論語」に、昔の仕方を学んでもそのわけがらを考え、思わざれば臨機応変の働きを欠いて、学んだことも無益となるというのがあるが、心すべきことである。筆蹟についても十分な嗜みを持つがよい。

一、風流ということも大切である。それを快楽をむさぼることと誤解してはならぬ。「史記」に、酒の度を過ごせば心が乱れ、快楽をつくすと悲哀がやってくるとあり、「左伝」には、酒色に溺れ、快楽を貪るのは毒を食べるに等しいと書かれている。

一、神仏は信仰せねばならぬ。仏の御心に叶えば力添えも給わるが、自ら勝手に振舞ったのでは行き詰まることが多い。神は非礼なる者を加護し給わない。

一、参禅して仏法の妙理を極め味わうことも大切である。参禅するのに、別に秘訣とてあるわけではなく、要は生死に対して心の在り方を決定することが肝心である。

一、知行とか貰《もら》い物とかに対して決して欲望を抱えてはならぬ。不義の富を得たりするのは禍のもととなる。

一、交際の相手に対してはつねに心を配って、粗略の点があってはならぬ。無二の親友と交わってその友の言葉を疑ってはならぬ。

一、いつも決して虚言をいってはならぬ。正直も時によるが、それは武略を用いる時の謀であって、武家にあっては敵の虚をつくことは許されていることである。

一、朋友から見放されるようなことがあってはならぬ。つねに仁道を守り、誠心誠意の交際をせよ。

一、何事につけても、つねに「堪忍」の二字を忘れてはならぬ。昔「韓信」という人は家が貧しく、少年のころ他人から股の下をくぐらせられたりして辱《はじ》を受けたが、よく堪忍して後に漢の大将軍となった。

一、行儀作法を弁《わきま》えぬ者とは懇意にしてはならぬ。また他人の過失については、かれこれ批判すべきではない。

一、貴人に対してはいかなる道理があったとしても、理屈を並べて自分の意見を強く申し述べたりなどしてはならぬ。またたとえ賎しい者であっても、相手が老人であれば、決して軽侮の振舞いをしてはならぬ。

一、自己に深い考え方と方策があっても、それと異なる他人の意見の中に従って、差し支えないものがあったならば、それに従うのがよい。

一、たとえどのように親しい間柄であっても、淫乱にわたるような雑談をしてはならぬ。もしもそのような話をしかけられたら、こっそりそこから立ち去るがよい。

一、親しみ深い人であっても、簡単な用事を依頼することは遠慮すべきである。

一、隠居してから後、その子供から世話になるようなことではならぬ。ぶらぶら歩き廻って、あまりその度を過ごしてはならぬ。

一、つねに油断の心をなくし、身を厳正に保つことが大切である。「史記」には、その身厳正なれば命せずとも部下は行ない、その身正しからざれば大声を発しても部下は従わぬとある。
一、宿所にあっても、歩行している時も、常に前後左右に気を配り、いささかも油断してはならぬ。たとえ夫婦二人でいる場合でも、刀を側から離してはならぬ。
一、万事に慎みがなければ失敗を招く。ふだんなんでもない時に、明かりを燃やしておくようなことがあってはならぬ。

② 北条氏綱の家訓（その一節）

そなたは、すべてのことについてこの父より生まれ勝っているから、別にいうほどのこともないが、古人の金言、名句はそれを耳にしても往々に失念することのあるに引きかえ、親の書き置きというものは、何か心に忘れ難いものであろうから、このように書き残しておくのである。
一、大将だけでなく凡《およ》そ侍たる者は、義を専《もっぱ》らに守るべきである。義に違ったのではたとえ一国や二国、切り取ったとしても後の世の恥辱はどれほどかわかったものではない。天運が尽き果てて滅亡したとしても、義理を違えまいとさえ心得ているならば、末世に至っても、うしろ指はさされることはないであろう。
昔から天下の政治を執るほどの者でも、一度は滅亡の時期はあるものである。人の命は僅かの間であるから、醜い心がけがあってはならぬ。古い物語を聞いても義を守って滅亡するのと、義を捨てて栄華を恣《ほしいまま》にするのとでは、格別の相違があるものだ。大将の心掛けがこのようにしっかりと定まっていたならば、その下に使われる侍どもは、義理を第一と思うものである。それにもかかわらず無道の働きをもって、名利を得た者は、天罰ついに免れ難いと知るべきである。
一、侍から地下人、百姓に至るまでそれぞれ不憫に思うべきである。総じて人に「すたり」はないものである。器量、骨格、弁舌、才覚が人に勝れて、しかも道にも通じ、天晴れよき侍であると思っていると、意外に武勇に劣っている者もいるし、また何事にも不案内で馬鹿者で通っている者に、武道において思いのほか、立派な働きをする者もいる。
それだから、たとえいかに片輪な働きしかない者であっても、その用い方によって重宝になる場合が多いものであるから、総じて人に「すたり」（くず、用立たず）はないものである。その者の役立つところを召し使い、役に立たないところを使わず、それぞれ、何かの用に立てているのを、よい大将と申すべきである。この者はいっこうに役に立たないと見限ってしまうのは、大将たる者の心として、いかにも浅く、狭い心である。（以下中略）
一、手際の良い合戦をやって、大勝利を得た後は驕《おご》りの心が出来て、敵を侮《あなど》り、不行儀をすることはかならずあるものである。慎むがよい。こんなにして滅亡した家は昔から多い。「勝って兜の緒を締めよ」ということを忘れてはならぬ。

以上あげた家訓は、武士社会におけるもっとも代表的なものであるが、鎌倉時代の北条家の家訓、戦国時代の朝倉家、毛利家、あるいは島津家の家訓などを見ても、そこに流れる基本思想は、表現こそ違い、ほぼ同じであるということができる。

また、これらの中に引用された古人の金言、名句は、多くその出典を省略してあるが、「論語」「孟子」「孫子」を始め、「史記」「佐伝」「三略」「春秋」「老子」など、実に多岐にわたっている。

一つ一つこれらを見れば、彼らがいかなる時代背景の中で、何を学び、何を考え、どう生きたか、その生きざまのほどが鮮明に浮かび上がってくるのである。

封建社会といえば、「切り捨てご免」や悪徳代官に象徴される「虐《しいた》げられる民」のイメージが強いのであるが、「人の命を大切にせよ」「民を慈《いた》われ」「善い政とは民の生活を全うさせるにある」と述べられているところに、武田軍団がなぜ強かったのかの理由が解るような気がするのである。

私はかつて、少年時代を北関東の田舎（現小山市）に育ったのであるが、その際、祖母や母から聞かされた躾上《しつけじょう》の「言い伝え」が、この家訓の中に述べられた「言葉」になんと似ていることか。このことは仏教や禅などの影響にもよるが、いうならば、武田家や北条家の家訓の精神が、広く関東周辺の隅々まで行き渡っていたことを物語っている。

今私は、静かにこの家訓を読みながら、かつて井上成美校長が若き海軍士官に書き与えられた教育資料の数々、ならびにあの「軍人に賜りたる勅諭」の内容を思い起こしていたのである。井上校長の教えの中には、洗練された西欧風の端正さや清潔さ、高尚な趣味、時間、リズム、余暇の過ごし方から読書の仕方まで、家訓の中には見られない、いわば近代的な「紳士像」、その「聡明さ」を感ずるが、朋友相互間の信頼、礼節、職務への忠実、人事の公平など、そこに流れる基本思想は、この家訓の精神と相通ずるものがあるように思われる。

一方、「勅諭」の方は流れるような美文で、「忠節」「礼儀」「武勇」「信義」「質素」の五徳を格調高く述べられているが、今顧みて勅諭の原型は、むしろこの家訓の中にあったのではないか。

もちろん、勅諭と家訓とではその格式も時代もあまりに異なるので、これを比すること自体意味をなさないが、武人の戒めとしては、家訓の方が、より広くかつ多角的に把《と》えられているように思われる。ひるがえって、現代ビジネス社会における上司と部下との関係、ヒューマンリレーション、信賞必罰、人事の公平、社員のモラルなど、この家訓に教えられることは極めて多い。

かつて兵学校の各種競技で下賜された「優勝メダル」の裏には、かならず「勝って兜の緒を締めよ」と誌されてあったが、「驕り」なきことと、「油断」なきこととは、この武士社会から引き継がれてきた帝国海軍の伝統的教えでもあったのである。かつて吾々はこの言葉を、連合艦隊解散の辞に述べられた東郷元帥の遺訓とも受け止めて来たが、武家社会に育った東郷少年は、おそらくこれらの家訓を読まれていたに違いない。

六、六韜三略の内容

以上、私は武将たちの処生観、その生きざまのほどを見て来たが、しからば彼らが愛読したといわれる六韜三略には、果たしてどんなことが書かれているか。いよいよその本題に入らなければならない。

(1) 治国の要諦を説く文韜

先にあげた「岡崎城」内には、徳川家康の「遺言碑」なるものがあって、これには次のようなことが刻まれている。

「わが命旦夕に迫るといえども将軍かくおわしませば天下のこと心安し。されども将軍の政道その理にかなわず、億兆の民艱難することとあらんには誰にてもその任に代らるべし。天下は一人の天下に非ず、天下は天下の天下なり。たとえ他人天下の政務を執りたりとも四海安穏にして万人その仁恵を蒙らば、もとより家康が本意にして些《いささ》かも憾みに思うことなし」と。（天和三年、一六一六年）

実はこの碑を見たとき、天下の将軍たる者、やはりよいことをいうなと感心したのであるが、この件《くだ》りは「文韜編」の中に、次の如く書かれている。

文王曰く「斂を樹つることいかにして、天下これに帰せん」と（人心を収斂して民の帰服する所を問う）。

太公曰く「天下は一人の天下に非ず。乃ち天下の天下なり。天下の利を同じくする者は則ち天下を得。天下の利を擅《ほしい》ままにする者は則ち天下を失う。天に時あり、地に財あり。よく人とこれを共にする者は仁なり。仁の在る所天下これに帰す。

人の死を免れしめ、人の難を解き、人の患を救い、人の急を救う者は徳なり。徳の在る所天下これに帰す。

人と憂を同じくし、楽しみを同じくし、好みを同じくし、悪しみを同じくする者は義なり。義の在る所天下これに赴く。

凡そ人は死を悪みて生を楽しみ、徳を好みて利に帰す。能く生利する者は道なり。道ある所天下これに帰す」と。

文王再拝して曰く「允なるかな敢えて天の詔命を受けざらんや」と。

文王さらに問いて曰く「天下熙々《きき》たり（広々として）一たびは盈《み》ち一たびは虚け、一たびは治まり一たびは乱る。然る所以は何ぞや」と。

太公曰く「君不肖なれば国危うくして民乱れ、君賢聖なれば則ち国安くして民治まる。禍福は君にあり、天下の時にあらず」と。

「願わくは国を為むるの大勢を聞かん。主をして尊く、人をして安からしめんと欲す。これをなすことといかん」と。

太公曰く「民を愛するのみ」と。

「善く国を治むる者は民を馭すること父母の子を愛するが如く、兄の弟を愛するが如く、その飢寒を見れば則ちこれが為に憂い、その労苦する処を見ればこれが為に悲しみ、賞罰は身に加わるが如く、賦斂は己より取るが如し。これ民を愛するの道なり」

文王曰く「先聖の道その止まる所、その起る所、聞くを得べきか」と。

太公曰く「善を見れども怠り、時至れども疑い、非を知れども処る。これ道の止まる所なり。柔にして静、恭にして敬、強にして弱、忍にして剛、これ道の起る所なり。故に義、欲に勝てば則ち昌え、欲、義に勝てば則ち亡ぶ」と。

(1)—II　王たる者の心すべきこと

文王、太公に問いて曰く「人に王たる者は、何をか上とし、何をか下とし、何をか取り、何をか去り、何をか禁じ、何をか止めん」と。

太公曰く「人に王たる者、賢を上とし、不肖を下とし、誠信を取り、詐偽を去り、暴乱を禁じ、奢侈を止む。人に王たる者には六賊七害あり」と。

「願わくはその道を聞かん」

太公曰く「それ六賊とは、一に曰く、臣大いに宮室池樹を作り、遊観倡楽する者あれば王の徳を傷《そこな》う。

二に曰く、民に農桑を事とせず、気に任せて遊侠し、法禁を犯歴し、吏の教に従わざる者あれば王の化を傷う。

三に曰く、臣に、朋党を結び、賢智を蔽い、主の明を障ぐ者あれば王の権を傷う。

四に曰く、士に志を抗げ、節を高くし、以て気勢をなし、外に諸侯と交わり、その主を重んぜざる者あれば王の威を傷う。

五に曰く、臣に爵位を軽んじ、有司を賤しみ、上のために難を犯すを羞ずる者あれば功臣の労を傷う。

六に曰く、強宗、貧弱を侵奪凌侮する者は、庶人の業を傷う」と。

それ七害とは（長文にわたるので、以下大意のみを記す）、
①智略、権謀なき者に重賞を与えたり、「将」に任命したりしてはならぬ。
②名ばかりで実力がなく、内と外と意見を異にする者、自己の進退ばかり巧妙に振舞う者とは謀《はかりごと》を共にしてはならぬ。
③身を質朴に装い、粗末な衣服を着け、無欲を語りはするが、実は名や利を求めているような者は近づけてはならぬ。
④むやみに学問をひけらかし、空論をたたかわして外面を飾り、自らは何もせず、閑静なところに引っ込んで、時の風俗を非難ばかりしているような者を寵用してはならぬ。
⑤人を陥れて官位を求め、俸禄を貪り、小利に動き、高尚のようではあるが、空虚な議論をするような者は使ってはならぬ。
⑥金銀をちりばめ飾り、華麗な装飾などに凝って、生業を怠るような者があればこれを禁ぜ

ねばならぬ。

⑦怪しげな方術、まじない、邪教、不吉な予言などをする者があれば、これを止めさせなければならぬ。

凡そ賞を用いるには信を貴び、罰を用いるには必を貴ぶ。耳目の聞見する所においてすれば、陰に化せざるはなし。それ誠は天地に暢《の》び神明に通ず」と。（以下略）

(2) 攻伐の機と文伐の法を説く武韜

文王、太公を召して曰く「嗚呼商王（殷の紂王）虐、極まりて不幸を罪殺す。民を憂うこと奈何《いかん》」と。

太公曰く「王それ徳を修めて以て、賢に下り、民を恵みて以て天道を観よ。天道殃《わざわい》いなければ先ず倡《とな》うべからず（攻伐のことを口に出してはならぬ）。人道災いなければ先ず謀るべからず。必ず天殃を見、人災を見て以て謀るべし。必ずその陽を見、その陰を見て則ちその心を知る。必ずその外を見、その内を見てその意を知る。必ずその疎を見、その親を見てその情を知る。

その道を行けば道、致すべきなり。その門に従えば入るべきなり。その礼を立つれば礼、成すべきなり。その強を争えば強、勝つべきなり。全勝は闘わず、大兵は創つくなし。鬼神と通ず。微なるかな、微なるかな」と。

さらに曰く「鷙鳥将《まさ》に撃たんとすれば卑く飛びて翼を斂む。猛獣将に搏たんとすれば耳を垂れて俯伏す。聖人将に動かんとすれば必ず愚色あり。

今彼の殷商は衆口相惑わし、紛々渺々として色を好むこと極まりなし、これ亡国の微なり、吾、その野を観るに草管、穀に勝つ（雑草生い茂る）。その衆を観るに邪曲、直に勝つ。その吏を観るに暴虐残賊にして法を敗り、刑を乱し、上下を覚らず。これ亡国の時なり」と。

文王、太公に問いて曰く「文伐の法奈何」と。

太公曰く「凡そ文伐には十二節あり（以下長文につき一部のみを訳す）

一に曰くその喜ぶ所に因りて、以てその志に順わば、彼将に驕を生じて必ず事を好むあり。いやしくもこれに因らば必ず能くこれを去らん。

二に曰くその愛する所と親しみて、以てその威を分かち、一人両心ならばその中必ず衰えん。廷に忠臣なくば社稷《しゃしょく》必ず危うからん。

三に曰く陰かに左右に賂《まかな》い、情を得ること甚だ深く、身は内にして情は外ならば、国将に害を生ぜん。

四に曰くその淫楽を輔けて、以てその志を広くし、厚く珠玉を賂い、娯しましむに美人を以てし、辞を卑くして聴を委しくし、命に順いて合わば、彼、争わずして姦節乃ち定まらん（あえて争わずとも、彼の命運は定まったようなものだ）。

六に曰くその内を収め（内臣を買収）、その外を間《へだ》て（外臣を離間させ）、才臣外を相《たす》け、敵国内に侵さば、国亡びざるもの鮮なからん。

八に曰く賂うに重宝を以てし、因りてこれと謀り、謀りてこれを利す（利を与える）。これを利すれば必ず信ず。信ずれば必ず我が用をなす。

十二に曰くその乱臣を養いて以てこれを迷わし、美女淫声を進めて以てこれを惑わし、良犬馬を遺《おく》りて以てこれを労らせ、時に大勢を与えて以てこれを誘い、上察して天下と与《とも》にこれを図る。

十二節備わりて乃ち武事をなす。いわゆる「上は天を察し、下は地を察し、微己に見われて則ちこれを伐つ」と。

凡そ謀の道は周密を宝となす。これを設くるに事を以てし、これを玩《もてあそ》ぶに利を以てすれば争心必ず起る。その親を離さんと欲せば、その愛する所とその寵人とに因りて、その欲する所を与え、これに利する所を示し、図りて以てこれを疏んじて、志を得しむることなかれ。

凡そ攻むるの道は必ず先ずその明を塞ぎ、而して後にその強を攻め、その大を毀《やぶ》り、民の実を除く。これを淫するに色を以てし。これを娯しましむるに楽を以てす。

既にその親を離し、必ず民を遠ざけしめて、謀を知らしむることなかれ。

扶けてこれを納れ、その意を覚らしむることなくして、然る後に成るべし。と。

（以上のことは日本武士道にとって、あまり愉快なことではないが、戦国武将の知略外交の原点はあるいは、ここにあったのではないか）

(3)　将の選任と攻伐の道を説く竜韜

武王、太公に問いて曰く「将を論ずるの道奈何」と。

太公曰く「将に五材十過あり」。五材とは、「勇」「智」「仁」「信」「忠」なりと。

勇なれば則ち犯すべからず。智なれば則ち乱すべからず、仁なれば則ち人を愛す。

信なれば則ち欺かず、忠なれば則ち二心なし。

十過とは（訳文を記す）。

①勇にして死を軽んずる者あり

②急にして心速やかな者あり（せっかちで速断しがち）

③貪りて利を好む者あり
④仁にして人に忍びざる者あり（思いやりが過ぎる）
⑤智にして心怯なる者あり（臆病卑怯）
⑥信にして喜んで人を信ずる者あり
⑦廉潔にして人を愛せざる者あり（人を許せない）
⑧慮にして心緩なる者あり（即断即決できぬ）
⑨剛毅にして自ら用いる者あり（なんでも自分でやってしまう）
⑩懦にして人に任ずる者あり（人まかせ）と。

武王、太公に問いて曰く「王者兵を挙ぐるに英雄を簡練して、士の高下を知らんと欲す。これを為すこと奈何せん」と。

太公曰く「それ士の外貌、中情と相応ぜざる者十五あり。厳にして不肖なる者あり。温良にして而も盗をなす者あり。貌恭敬にして而も心慢なる者あり。廉謹にして而も内至誠なき者あり。謀を好みて而も決せざる者あり。果敢なるが如くして不能なる者あり。外、勇にして而も内、怯なる者あり。

勢い虚しく、形劣りて而も外に出でては、至らざる所なく遂げざる所なき者あり。（以下略）

天下の賎しむ所、聖人の貴ぶ所、凡人は知るなく、大明あるにあらざれば、その際を見ず」と。

さらに問いて曰く「将を立つるの道奈何」と。

太公曰く「凡そ国に難あれば、君、正殿を避け将を召して詔にして曰く、社稷の安危は一に将軍に在り。今某国不臣なり、願わくは将軍師を帥《ひき》いてこれに応ぜよ」と。

君、廟門に入りて西面に立つ。将、廟門に入りて北面に立つ。

君、親しく鉞《まさかり》を操りて首を持ち、将にその柄を授けて曰く「これより上天に至るまで将軍これを制せよ」と。

また斧を操りて柄を持ち、将にその刃を授けて曰く「これより下渕に至るまで将軍これを制せよ」。

さらに曰く「その虚を見れば則ち進み、その実を見れば則ち止まれ。三軍を以て衆となして、敵を軽んずることなかれ。命を受くるを以て重しとなし、死を必することなかれ。身の貴きを以てして、人を賎しむことなかれ。独見を以てして、衆に違うことなかれ。弁説を以て必然となすことなかれ。士未だ座せざれば、座することなかれ。寒暑必ず同じくせよ。かくの如くならば士衆必ず死力を尽くさん」と。

軍中の事は君命を聞かず、皆将より出づ。敵に臨み戦を決するに二心あるなし。

かくの如くなれば則ち上に天なく、下に地なく、前に敵なく、後に君なし。

この故に智者はこれが為に謀り、勇者はこれが為に闘い、気は青雲に至り、疾きこと馳騖《ちぶ》するが如し」と。（以下略）

（かつて山本連合艦隊司令長官が、岩国より上京して、宮中「出師の儀」に伺候したのは、昭和十六年十二月三日であったといわれているが、「将、廟門に入りて北面に立つ」の件を読んでいると、述べられた言葉こそ違い、何か当時の情景が思い出されてならない。山本長官が陛下にいかに言上されたかは知る由もないが、陛下から賜わったお言葉は、今なお靖国、遊就館に展示されている）

武王、太公に問いて曰く「攻伐の道如何」と。

太公曰く「勢は敵家の動くに因り、変は両陣の間に生じ、奇正は無窮の源に発す。故に至事は語らず、用兵は云わず。かつ事の至れるものはその言聴くに足らざるなり。兵の用はその状、見るに足らざるなり（至要のことは説明しても解るものではなく、用兵の機微は形で見えるものでもない）。

故に善く戦う者は軍を張るを待たず、善く患を除く者は未だ生ぜざるに理む。善く敵に勝つ者は形なきに勝つ。上戦は与《とも》に戦うことなし、故に勝を白刃の前に争う者は良将にあらざるなり」と。

さらに曰く「善く闘う者は利を見れば失わず、時に遇えば疑わず、利を失い、時に後くるればその殃を受く。

故に智者はこれに従って失わず、巧者は一決して猶予せず。ここを以て、疾雷も耳を掩うに及ばず。迅雷も目を瞑するに及ばず、これに赴くこと驚くが如く、これを用いること狂うが如し。

それ将、言わざる所にして、守るある者は神なり。見ざる所にして、視るある者は明なり、故に神明の道を知る者は、野に衡敵なく、対に立国なし」と。

（平成六年十月）

十二．武将と六韜三略（その三）

前編までの原稿は平成五年から六年にかけて書いたものであるが、「古鷹」編集子から長過ぎるとのクレームがついて未完のまま約十年余り放置されてきた。

一つにはその後、体調を崩してしまったこともあったが、この論評は兵学校入校五十周年を記念して、自らに課した一大試練であったから、最後まで纏《まと》めなければとの思いは堅かった。

しかし内容も知らずに、最初に大風呂敷を拡げてしまったので、「その二」までを書くだけで、ビジネスマン時代には味わったことのない心労とエネルギーを費やした。しかし、このまま活字にすることは私の良心が許さないので、「三略」までその主要点を述べ、その責任を果たしたいと思う。

〔竜韜編の続き〕

武王、大公に問いて曰く「凡《およ》そ兵を用いる道大要如何《いかん》」と。

大公曰く「古の善く闘う者は天上に闘うに非ず。能く地下に闘うに非ず。その成と敗とは皆神勢に由る（神変不測の勢い）。これを得るものは昌《さか》えこれを失うものは亡《ほろ》ぶ」と。

「又闘うに義を以てするは能く衆をはげまして敵に勝つの所以なり」

「戦攻の策を知らざれば以て敵を語るべからず。分移（兵を自由に運用する）する能わざれば以て『奇』を語るべからず。治乱に通ぜざれば以て『変《へん》』を語るべからず」と。

「それ将は仁ならざれば則ち三軍《さん》親《した》しまず。勇ならざれば則ち三軍鋭ならず。智ならざれば三軍大いに疑う。明ならざれば三軍その機を失う。常に戒《いまし》めざればその備えを失う。将、強ならざれば三軍その職を失う」と。

「故に将は人の司命なり。三軍これと共に治まり、これと共に乱る。賢将を得るものは、兵強く国昌《さか》え、賢将を損《そこな》うものは兵弱く国滅《ほろ》ぶ」と。

（当時の三軍とは歩兵、騎兵、車馬戦車隊の三軍を指し、現在の陸、海、空の三軍とはまったく異なる。ただ統帥の妙の一端は垣間見ることが出来る）

(4) 虎韜編の概要

虎韜は冒頭にちょっとふれた通り、中学時代にお世話になった例の「虎の巻」の語源であるといわれていたので、特に関心が深く調べたのであるが、これを要約すれば、「兵を挙《あ》ぐるに当たっては敵の戦力、地形、動静を審《つまび》らかに観察して、これに勝つだけの兵力、武器、器材、軍需品を調達して万遺漏なきを期すべし」ということにあるようである。

特に虎韜ではこれらを抽象的に述べるのではなく、一つ一つ具体的に基準が述べられている。

例えば一万人規模の兵力を派遣するには「大扶胥《だいふしょう》」（戦車）を三十六台（車輪の直径は八尺）、中型車七十二台、小型車百四十六台を随伴させ、大弓隊員六千人、矛《ほこ》、楯《たて》の士率二千人、器材の修理を担当する者三百人、戦車の前後、左右を補翼する者一千人、武器には強弩（連発式大弓）、弓、銅と鉄の鏃《やじり》をつけた矢、重さ十二斤、柄の長さ五尺以上の鉄棒千二百本、刃の長さ八寸、重さ八斤、柄の長さ五尺以上の大斧《たいふ》（おの）千二百本、四角の頭の鉄鎚千二百本、飛鈎《ひこう》（熊手）千二百本、鎖《くさり》、飛橋《ひきょう》（かけ橋）、大縄《おおなわ》、木を伐る「のこぎり」、鎌《かま》、鉈《なた》、鎚《つち》などなど準備すべき器材の詳細が述べられている。

（今日、熊手などは竹製で落ち葉などを掻き集めるのに使われているが、本来、熊手は立派な武器で、車上の敵を引き摺り下ろすのに使われたようである）

さらに虎韜では、天の時、地の利を活かした布陣の仕方、敵に包囲された場合の脱出の方法、前に大河や堀、深い坑《あな》などがある場合の闘い方、敵の動静の押え方、火戦（火を使っての攻め方）など、戦場の条件変化に即応しての闘い方、いかにすれば勝ち、いかに対応を誤れば危ういかなど、具体的な戦法が記されている。

（だが、今やミサイルの飛び交う時代、敵の動静も人工衛星を使っての写真の撮影など、時代はまさに電子戦の時代だから参考にすべき事項は余りない。ただ本年は大河ドラマで「義経」を放映しているので、義経が鞍馬山で読んでいた兵法書が「孫子」であったか、「六韜」であったか、きわめて興味深いところである）

(5)　豹韜

豹韜編は、豹の勇猛にして出没自在なる特性に擬して、次の如き戦法が述べられている。

(イ)　林戦　兵を率いて深く敵地に入り、大森林につき当たった場合の守り方、攻め方

(ロ)　実戦　敵が我が領内に侵入し城下に殺到、我が兵、これに恐怖し、戦意を失いつつある場合の対処の仕方、かかる場合は別軍をして背後を襲わせ、敢然として突撃し、暗夜に敵を攻

むべしと述べられている。

(ハ)　敵強　敵地に進攻したが、敵は大軍にして強力、味方は少数にして弱体、敵の夜襲に遭って、我が軍震え怖《おのの》いてしまったような場合はいかにすべきか。かかる場合は守りは禁物、武勇秀れた兵士、強弩、戦車隊、騎兵隊の精鋭を選抜して左右を守り、敵の前軍に攻撃をかけ、背後を急襲して、敵軍を混乱させるが良い。

「強敵に遭っては以て守るべからず　勇闘せざれば則ち死せん」と。

(ニ)　敵武　優勢な敵に対しては謀計、奇計を用うべし。

(ホ)　烏雲《ううん》山兵　山岳地帯における闘い方、烏雲の陣とは烏《カラス》が集散し、雲の形がたちまちにして変形するが如く臨機応変の陣形を布いて対処すべし。

(ヘ)　烏雲沢兵　川を挟んでの戦法、三軍備えなく、牛馬食なく、士卒糧なきときは、敵を詐《いつわ》り、伏兵を残して速やかに撤兵すべし」と。

(六)　犬韜　犬韜は犬の善く駆け、難を避けるに擬し、奮闘、退避の法を説く。

(イ)　分合　数箇所に分散した軍を集めて、一陣となし、力を併せて合戦すべき方策を説く。

(ロ)　武鋒　勇武抜群の者を集めて敵に当たるの法を説く。

大公曰く「それ撃たんと欲する者は、当《まさ》に審《つまび》らかに敵の十四変を察すべし」と。変見《あら》われれば則ちこれを撃つべしと述べ、十四変を次の如く説いている。

「新《あらた》に集まれるは撃つべし」「人馬未だ食わざるは撃つべし」「天時順《したが》わざるは撃つべし」「地形未だ得ざるは撃つべし」「奔走せるは撃つべし」「戒《いまし》めざるは撃つべし」「疲労せるは撃つべし」「将士卒を離れたるは撃つべし」「長路を渉《わた》りたるは撃つべし」「水を渡るは撃つべし」「暇《いとま》あらざるは撃つべし」「阻難狭路は撃つべし」「行を乱るは撃つべし」「心怖《おそ》るるは撃つべし」

と。

(ハ) 練士　材勇の士を選抜し、その能力別に隊を編成すべきことを説く。
(ニ) 教戦　三軍の衆を合し士卒をして教戦の道を復習せしめる方策を説く。
(ホ) 武車士　戦車兵の適正とその使い方。
(ヘ) 武騎士　騎士選抜の法とその能力。
(ト) 戦車　戦車は特にその地形を知って戦うべし。
(チ) 戦騎　騎兵戦のやり方。
(リ) 戦歩　歩兵を用いて戦車や騎兵と闘う方法。
(1) 兵陵や険阻な地に陣を布く
(2) 障害物・塹壕《ざんごう》を掘り廻らす。
(3) 柵を作り強弩《きょうど》の士を左右に配置す。

（これから歩兵操典でも作る時代ならいざ知らず、様相があまりにも異なるので、ここではほんの参考までにご一覧賜わりたい）

七、三略

三略は冒頭でもふれたが、上略、中略、下略の三巻よりなっており、いずれも格調高い漢文体でかかれているので味わい深く、中身の重さを感じさせる。

多くは「軍識《ぐんしん》に曰《いわ》く」で述べられているが、この本の注釈では「軍識」を「戦いについての予言書」としているが、私流に読めば、ここは「軍法に詳しい古《いにし》え人が申されるには」と訳した方が適当なように思われる。以下その主要点を述べる。

(1) 上略

「それ主将の法は（総大将たる者の心得としては）英雄の心をとり、有功を賞禄し、志を衆に通ず。故に衆と好みを同じくすれば成るざるはなく、衆と悪《にく》しみを同じうすれば傾《かたむ》かざるはなし。国を治め、家を安ずるは人を得ればなり。国を亡《ほろ》ぼし、家を破《やぶ》るは人を失えばなり」

「軍識に曰く『柔は能く剛を制し、弱はよく強を制す』と。柔は徳なり剛は賊なり、弱は人の助くる処、強は怨《うらみ》の攻むる処なり」

「能く柔に能く強なればその国弥々《いよいよ》光あり。能く弱に、能く強なればその国弥々彰《あら》わる。純《もっぱ》ら柔に純ら弱なればその国必ず削らる。純ら剛に純ら強なればその国必ず亡《ほろ》ぶ」と。

「それ兵を用いるの要は、礼を崇《たか》くして禄を重くするにあり。礼崇ければ則ち智士至り。禄重ければ則ち義士《ぎし》死を軽《かろ》んず」

「それ人を用いる道は尊《たっと》ぶに爵《しゃく》を以てし、贍《にぎ》わすに財を以てすれば即ち士自《おのずか》ら来《きた》る。接するに礼を以てし、励ますに義を以てすれば即ち士それに死す」

「それ将帥は必ず士卒と滋味を同じうし、安危を共にすれば敵乃ち加うべし（敵を攻めることができる）。

（井戸に未だ水が出ない間は将は喉《のど》の渇《かわ》きを口にせず、食事の用意が済まない間は空腹を云わず、冬己れのみ皮衣をつけず、夏は扇を使ってはならず、雨降れど己のみ傘を使ってはならぬ）

「軍は賞を以て表となし罰を以て裏となす。賞罰明らかなれば即ち将の威行なわる」

将は能く清く、能く静かに、能く平らかに（公平）、能く整《ととの》い（法令等を整備し）、能く諫を受け（訴えを聞き入れ）、能く国俗を知り（風俗習慣などを）、能く山川を知り、能く険難《けんなん》を表わし（危険なところを明らかにして）、能く軍権を制すべし」

「将の謀は密なることを欲し、士衆は一《いっ》なることを欲し、敵を攻めるには疾《はや》からんことを欲す。将の謀泄《も》るるれば即ち軍に勢《いきおい》なし。外、内をうかがへば（外敵が内情を知らば）禍《わざわい》制せられず」

「兵を用いるの要は必ずまず敵情を察し、その倉庫を視、その糧食を度《はか》り、その強弱を卜《ぼく》し（判断し）、その天地を察し（天の時と地の利）、その空隙を窺う」

「善を善として進めず、悪を悪として退けず、賢者を隠蔽《ぺい》し、不肖位に在れば国その害を受く」

「軍讖に曰く、佞臣《ねいしん》上に在れば一軍皆訟《あらそ》う（不平不満が起こる）。威を引いて（権威をかさにきて）自らを与《ゆる》し動いて衆に違《たが》う。進むなく、退くなく、苟然《こうぜん》として容を取り（おべっかを使って君を我が意の如くし）、専《もっぱ》ら自己に任《まか》せ、挙措《きょそ》功に伐《ほこ》り、盛徳を誹謗《ひぼう》し、善となく悪となく皆己と同じうす。（中略）君、佞人《ねいじん》を用いれば必ず禍殃《かおう》を受く」

「姦雄相稱して主の明を障蔽し、毀誉《きよ》並び興《おこ》り、主の聡を閉塞す。各々私する処に阿《おもね》り、主をして忠を失わしむ。王異言を察すれば乃ちその萌を観《み》る（姦人の私利私欲の芽を見抜くことが出来る）。主、儒賢《じゅけん》を聘《へい》すれば姦雄乃《の》ち逃がる。（中略）人心を失わざれば徳乃ち、洋溢せん」

⑵ 中略

「王者は人を制するに道を以てし、破邪は士を制するに権を以てし、士を結ぶに信を以てす」

「有徳の君は楽《がく》を以て人を楽しましめ、無徳の君は楽を以て自らを楽しましむ。人を楽しましむる者は久しくして長く、身を楽しましむ者は久しからずして亡《ほろ》ぶ」

「己を舎《す》てて人を教うるものは逆なり。己を正しうして人を化する者は順なり。逆は乱を招き順は治の要なり」

道徳仁義礼の五者は一体なり。道とは人の踏むところ、徳とは人の得るところ、仁とは人の親しむところ、義とは人の宜《よろ》しきところ、礼とは人の体するところ、一もなかるべからず（一つでも欠けてはならぬもの）。

「千里に賢を迎うるはその道遠し、不肖を致すはその路近し、ここを以て明王は近きを舎《す》てて遠きを取る。人を尚《たっと》べば下力を尽《つ》くす」

「それ聖人君主は、盛衰の源を明らかにし、成敗の端に通じ（そのはじまり）、治乱の機を審《つまび》らかにして、去就の節を知る（出処進退の節度を弁《わきま》えている）。

「それ人の道に在るは魚の水に在るが如し。水を得れば生き、水を失えば死す。故に君主は常に怖《おそ》れて、敢《あえ》て道を失わず」

「賢臣内なれば即ち邪臣外なり。邪臣内なれば即ち賢臣斃《たお》る」

「覇者は士を制するに権を以てし、士を結ぶに信を以てし、士を使うに賞を以てす。信衰うるときは即ち士疏《うと》く、賞欠くるときは即ち士命を用いず」

軍勢に曰く「軍を出し師を行《や》るには、将専《もっぱ》らにするに在り、進退内より御すれば即ち功成り難し」と。

「義士を使うには財を以てせず、故に義者は不仁者のために死せず。智者は闇王（暗愚な主君）のために謀《はか》らず」

「聖王の世を御《ぎょ》するは盛衰を観、得失を度《はか》りてこれが制をなす」（それにふさわしい制度を作っ

た）

「聖人は天に体し（天道を身につけ）、賢者は地に法《のっと》り（大自然に順応し）、賢者は古《いにしえ》を師とす」（先人の教えを師として学ぶ）

(3) 下略

「それ能く天下の危うきを扶《たす》くる者は即ち天下の安きに拠《よ》る（安泰《あんたい》を保つことができる）。能く天下の憂いを除く者は即ち天下の楽しみを享《う》く」

「賢を求むるに徳を以てし、聖を致すに道を以てす。賢去れば国微《び》となり（衰微し）、聖去れば即ち国乖《そむ》く（国がばらばらになってしまう）。

「賢を傷《そこな》う者は殃《わざわい》三世に及ぶ。賢を蔽《おお》う者は身その害を受く。賢を嫉《ねた》む者はその名全《まった》からず。賢進むる（賢を推す）者は福子孫に流る。故に君子は賢を進むるに急にして美名彰《あら》わる」

〔後記〕

この原稿は前編、元国学院大学教授「桑田忠親先生」の書かれた「新編日本武将列伝」六巻と、「武将と人生訓」を拝見して書いたものであり、後編は、大東文化大学の「岡田修先生」及び「荻庭勇先生」共著の「六韜三略」から学ばせて頂いたものである。

厖大な文献であっただけに、果たしてその真髄がお伝え出来たか否かはなはだ疑問であるが、私にとっては生涯に二度とない大事業であったように思う。ここに慎んで両先生に心からなる感謝の意を表したい。なお後段は病いを得ての執筆であっただけに、かなりのものを割愛してしまったこと何卒お許しを賜わりたい。

十三・サラリーマン生活を通して会得した私の遊びの哲学

一、はじめに

私は前段各論において、孫子や六韜三略など堅苦しい話ばかりを書いてきたが、およそ人生とは自ら選んだそれぞれの道で、誠実に職務を遂行し、自ら体得した文化的資産を、後に続く者に伝えていくものだと心得ているが、片や酒あり遊びあり、女性ありで、様々な経験を通して一人前になっていくものと考えている。

お酒の付き合いも出来ず、遊ぶことを知らない人間ほど味気のないものもない。そこで今回は、あまり知られていない側面、私の体験談の一つ、遊びに勝つための要諦について思いのままを書いて置こうと思う。

二、サラリーマンの遊び、ゴルフと囲碁と麻雀

今から二十年ほど前までは、サラリーマンの遊びといえばゴルフと碁と麻雀というのが通り相場であった。品性を磨くには音楽や絵画、俳句や短歌に趣味の世界を見出すべきであったと思うが、幸か不幸か小生には取り巻く友人や先輩のお蔭で、最初に碁を学び、麻雀を覚え、しかる後、ゴルフに熱中した。

仕事も遊びも溢れるが如き体力と海軍魂でやるのであるから、それはそれは猛烈、果敢であった。前夜、温泉宿に泊まり、夜遅くまで麻雀をやり、翌日はゴルフ、そしてその帰りにまた雀荘へ、これが高度成長期における吾々サラリーマンの遊び、最高の楽しみの一つでもあったのである。

その間に費やした時間と経費の浪費、家内に及ぼした迷惑など、莫大なものがあったが、思えば四十年間、たいした病気もせず、まがりなりにもその職責を全うし、子弟の教育が終わるまで頑張り通し得たのは、もちろん職場や家庭の支えがあったことは申すまでもないが、これらの遊びがストレスの解消となり、リフレッシュの源となって、やる気を起こさせてくれたお蔭であろう。

そして、今なおこれらの仲間たちが定年退職後の楽しみを供給してくれる源泉となっていることを思えば、無駄なように見えた「遊びも経費」も、実は身の「安全保障コスト」であったのである。今の若い人たちは、もっと洗練されたスマートな遊び方をしていると思うが、長引く不況の中で合理化、合理化の嵐、まことに気の毒に思うが人生には谷あり山あり、かならずよい日が来るので、明日を目指して頑張っていってもらいたい。

(1) ゴルフ

サラリーマンの遊びは元来、張りつめた神経を解きほぐし、平素使わない筋肉を動かして、体調の保持、増進に役立てばそれで良いのであるが、実際に始めるとなるとそれだけでは済まされない。ゴルフもコース周辺の景観を眺めながら、悠然、粛々と紳士らしくプレイ出来ればそれで十分なはずであるが、どんな遊びでも人後に落ちて楽しいというものはない。男は遊びでも、その場の主とならなければならない。

ドライバーの飛距離がいつもいつもパートナーに大きく引き離され、やることなすこと「ヘマ」をやっていたのでは、劣等感を助長するようなもので、自尊心が許さない。だから誰しも、本を読み、練習場に通って腕を磨く。ただその際、正しい「グリップ」と体型に合った合理的な「スイング」を身につけなければ、いくら練習場に通っても時間と経費の無駄であろう。

コースでは、

①四つの地形（左足上り、同下り、前上り、前下り）に応じたショットの仕方

②地形に応じたクラブの選択と自己の飛距離

③アプローチとバンカー内の打ち方

この三点が一応マスター出来れば、ハーフ五十を切れることは間違いない。ゴルフ場では、ティグラウンドに立ってから考えるのではなく、風向きやティグラウンドの向きを観察して、どの位置にティーアップするかが勝負の分かれ目となる。また、第一打が上手く行った時ほど、第二打以降に落し穴があるもので、次に来たるべきものを予見し、慎重に控え目に、欲張らないでコースを廻ることが大切である。一打を惜しんだために、その日のゴルフを台なしにしてしまうことはよくあることだ。

いずれにしても、ゴルフは健康保持に最適、良き友人にも恵まれるから大いにやってもらい

たい。

(2) 囲碁

碁はこの三つの遊びの中では、もっとも幽玄、奥行きの深い遊びである。在るものは無地の盤面と白と黒の石だけ。一定のルールにさえ従えばどんな戦略をたてようが、盤上にいかなる模様、芸術を描こうが、それはその人の意のままである。まさに変幻自在、無限の天地がそこに在るといってよい。

だが、そうかといって、どんな打ち方をしてもよいかとなると、そこには先人たちが長年月をかけて編み出した「定石」というものがあって、初心者はまずこれを学ばなければならない。碁は簡単なように見えても有段者になるには、それなりの努力と年季が必要なのである。

偉才といわれた「呉清源」が、或る記者に「必勝の要諦は何でしょうか」と尋ねられ、「解りませんね、生涯勉強ですよ。碁は勝つか負けるかよりも調和（中庸の心）の追求が大事ですね」といわれていたが、実に味わいのある言葉である。

凡夫の小生などはこの境地には程遠く、勝敗にこだわって相変わらずザル碁をやっているが、意見を申せば碁はやはり守りと攻め、局地戦と大局観、全般の見通し、バランスの取れた石の運びが大事なように思う。そして、その勝敗を分けるものは空中戦と同じく、いかに相手より先が読めるかにかかっているように思う。

このことは企業の経営でも、人の一生でもほぼ同じことがいえる。

(3) 麻雀

麻雀には多くのギャンブル性があり、深夜に及び、不規則な食事と睡眠不足、マイナス面が多いので、世の奥様族からは極めて評判が悪い。だが、もし私に、この種の遊びの誘いがあったら、おそらく私は麻雀に行くであろう。

それは一つには私の生まれつきのものであって、かつて山本五十六元帥が人並外れて「賭け事」がお好きであったように、人格や能力とは関係なく、私にとっては極めて魅力的な遊びなのである。

それは麻雀には、何千、何万回やっても同じ組み合わせの配パイは来ないし、瞬間、瞬間のスリルも格別で、技倆が上だから、あるいは理論が正しいからといってかならず勝てるとは限らないのである。また、与えられた兵力（配パイ）でいかに闘うかの戦術を練ることは、私にとっては兵法の勉強にもなり、それは「微なる哉《かな》、微なる哉無形に至る」のあの孫子の言葉の実践でもあるからである。

自慢話になって恐縮ながら、最近は「前澤をマークせよ」との戦友がふえて、三人がかりで向かってくるものだから、かつて零戦が、グラマンの三機編隊の組織的攻撃にあって、なかなか勝てなくなったように、まったく苦戦の連続である。

かかる場合は、相手三人を一直線に並べて（相手同志を闘わせて）、落とせばよいのであるが、技倆が伯仲して来ているので思うようにならない。

よく「敵を知り己を知らば百戦危うからず」というが、麻雀では自らに配られた「配パイ」の姿を見て、相手に配られた配パイの善し悪しが読めなければならない。また、相手が切ってくるパイの順序と種類を見て、手の進み具合と持ちパイが洞察できなければならない。自分の手が悪ければ相手の手が良いのだから、無理して上がろうとしてはいけない。

また麻雀では、配パイの与件と状況が刻々変化するので、一筋に思いつめることも禁物である。

他の雀友はどういうか知らないが、私流にいえば、麻雀は所詮は勘と運の勝負であり、それはあたかも吾々の祖先が恐怖や危険にあって研ぎすまして来た神経、本能的なものの闘いともいうことが出来よう。

そう把えれば麻雀は、喰うか喰われるかの空中戦と、形こそ違え心理的にはまったく同じなのである。

三、勝つための工夫と先人の教え

空中戦と麻雀を同じように把えるなど、不謹慎もはなはだしいが、第二次大戦の撃墜王坂井三郎氏（零戦のパイロット）は、その体験記の中で、「敵機を照準器の中に捕えた時が一番危ない。機銃のボタンを押す前に、私はかならず背後を確認する」

また「初陣では敵機を落とそうなどとは考えるな、まず自分が落とされないことを考えろ」といわれていたが、この言葉は私にかなりの衝撃を与えた。

坂井三郎氏は、自ら勝負師たらんと吉川英治の宮本武蔵や剣豪の伝記を片っ端しから読んだそうであるが、実は小生もその極意を探るために（この目的のためだけに読んだわけではないが）、孫子や六韜三略も五輪書、さらには柳生家矩などを漁《あさ》って来たが、最後に目に止った坂井三郎氏の「大空のサムライ」には、深い感動と多くの教訓を与えられた。

坂井三郎氏は、勝負に臨んでは「心、技、体」のどの一つが欠けても駄目で、この三要素を最適の状態に保つためには、日頃の訓練はいうまでもないが、何より睡眠が大事、快食、快眠、快便がその基礎となるといっている。

この言葉は一見、平凡かつ原始的なようにも見えるが、実はいかなる職業、仕事、いかなる局面に立っても、体調の維持なくしては、その天分を発揮することは出来ない。

以下は小生が長いこと心に留めて来た先人たちの教えである。

(1) 兵書に見る先人たちの教え

〔三略〕

①柔はよく剛を制し、弱はよく強を制す

②純《もっぱ》ら剛に純《もっぱ》ら強ならばその国必ず亡ぶ

〔孫子〕

①彼を知らず己を知らざれば百戦すべて危うし

②兵は拙速を貴ぶ

③激水の疾くして石を漂わすに至るものは勢なり

〔武蔵〕

①兵法のこと拍子こそ肝心なり（リズム）

②兵法心持のこと常の心に替わることとなし。心静かにゆるがせて、ゆるぎ止まぬようありたきものなり

③智は有なり

利は有なり、道有なり
而して心は空なり
〔柳生宗矩〕
①勝たんとばかり一筋に思うは病なり
②習いのたけを出さんと一筋に思うも病なり
③何事も一つに留まるは病なり
④身は懸り心は待つ
〔坂井三郎〕
①空中戦では一度負けたら終わりで、二度とやり直しがきかない
②どちらが先に敵影を見つけるか、これが勝敗の分かれ目
③よく名人、強者といわれる人は、人より記憶力と創造力が秀れている。決して軽はずみな行動はしない
④どんな苦境に立っても、決して諦《あきら》めない
⑤勝負ごとは気迫と合理性だ

(2) **ノートに書き留めて来た自戒格言**
①事に臨みては常に驕りなし
②計ある者は心静かなり、心静かならざれば敗る
③事の成敗は必ず小より生ず
④攻守機を失すれば危うし。勢い未だ至らざるに攻むべからず

⑤天は順ずる者に見方し、逆らう者を避く
⑥天は不仁、貧する者をしてさらに貧せしむ
⑦物は成る時に成るに非ずして、その因たるや遠くかつ微なり（最後の兵学校校長訓示）
⑧パイを大事に扱うものはパイに扶《たす》けらる
⑨勝算に益なし、敗算を思わば迷わず
⑩負けて愚痴をいうは大愚なり

四、終わりに当たって

以上もっともらしいことを書いて来たが、子供たちは親父の生きざまのほどをことごとく知っているので、今さら綺麗ごとを並べて見ても、至らなかった五十年の歩みはもう消すすべもない。だが、親父がこんなことを遊びながら書き留めていたことだけはまったく知らなかったはずだ。

親父は何十年サラリーマンをやっていても、今頃になって当時の遊びを家内からぼろんちょんにいわれていても、やはり兵学校出であったことを覚えておいてもらいたい。そして折あらば、右の格言を反芻《はんすう》してこれからの人生に活かして欲しい。

最後に一言。「勝敗のこと、これすべて無なり（私利、私欲を去れ）。而して最後に自らを救うものは勇なり」と。

（平成十年九月）

十四. 栃木中学剣道部の先輩原敏夫さんを悼む

ここに掲記した一通のハガキ（次ページ参照）は、私の母校、栃木県立栃木中学校の先輩で、第七十三期の故原敏夫さんから頂いたものである。

原さんは、昭和十八年十一月、第七十五期生徒の合格者発表があった日、生徒館の図書室で官報から私たちの名前を探し出し、このハガキを書かれた由である。

ハガキには発信の日付がないが、消印は薄く一一・四と読み取れる。私はこのハガキをいつ、どのようにして受け取ったか、はっきりした記憶がない。おそらく当時の中学校の担任の先生から頂き、宛名の諸君に回覧したあと、家に持ち帰ったように思う。

私はこのハガキを江田島に持参し、また栃木に持ち帰り、さらに、仙台（東北大学）、神戸（三菱重工神戸造船所に就職）、大阪、岡崎（愛知県）と持ち歩いて、今、東京の自宅にある。

このハガキには四名の七十五期の名前があるが、今井、横塚（敬称略）とはその後、音信が途絶えており、塚田は戦後、肺結核に倒れ惜しい生命を失った。

栃中出身の七十五期は、この四名のほかに、奈良巌、小林慶一郎、さらには四修の新井徹夫がいる。最近、新井とは東京でたびたび会う機会があるが、他のクラスとは顔を合わせる機会

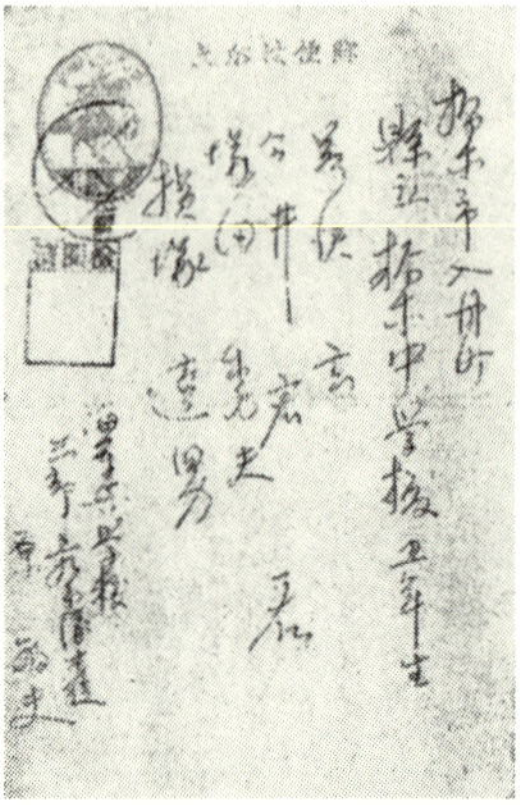

郵便はがき

栃木市入舟町

県立栃木中学校五年生

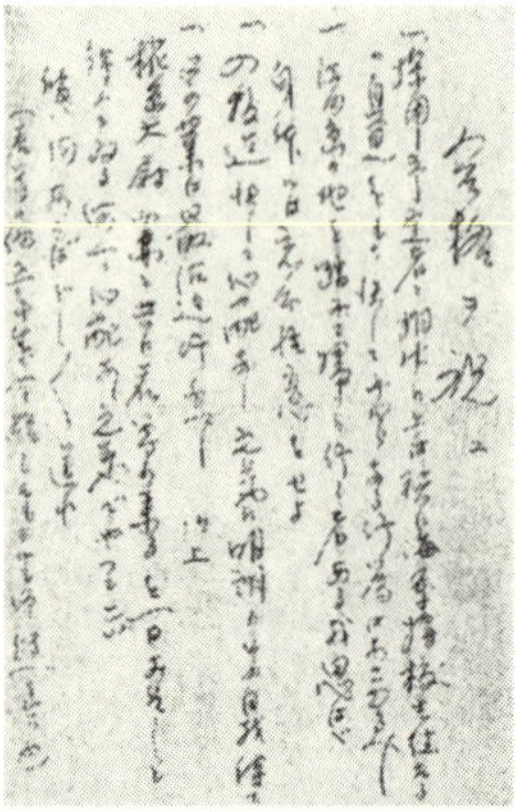

合格ヲ祝ス

前列右より、山崎勉、原敏夫（大尉)、小林英雄、後列右より塚田秀雄、横塚達男、前澤玄、小林慶一郎、今井宏、奈良巌、新井徹夫

がなく、したがってまたこのハガキを他に話したことがまったくない。

さて、このハガキを書かれた原さんが、兵学校の一号生徒として、どんな生活をしておられたか、また三号生徒から見た原さんがどんな方であったか、私はほとんど知らない。

ただ七十五期入校直前に行なわれた兵学校の剣道大会で、原さんが優勝したということを七十四期の方から聞いたことがある。

原さんは栃中時代、すでに「三段」の腕前であったから、一号時代は「剣道係」として、相当鳴らしていたであろうことは想像がつく。ただ私には、原さんについて、消し難い思い出がある。

それは入校後間もない、ある寒い日の夕刻であった。隊務に追われ、走り廻っていた私に、生徒館の中庭で、突然、「待て!!」がかかった。

「貴様は何をキョロキョロしているか!」と例のお達しがあるものと身構えた私に、静かに近づいて来た一号生徒は、なんと原さんであった。原さんは何もいわず、「じーっ」と私の目を見つめ、作業服の紐をしめ直し、帽子のゆがみを正して、そっと手を握り、「掛かれ」といって、立ち去ったのである。私情を口にしないのが兵学校の伝統とはいえ、あのとき原さんはなぜ、一言《ひとこと》もいわずに立ち去ったのであろうか。

おそらく原さんは、目をつり上げて、走り廻る私の姿に、自らの三号時代を想起していたに違いない。そして「前澤、元気か。俺も近く第一線に立つ。故郷《ふるさと》のご両親はお達者か」と語りかけていたような気がしてならない。

原さんは、その後、霞ヶ浦にて、飛行学生の教程を終えられ、海軍中尉として沖縄特攻作戦に参加された。

不運にもエンジンの故障で不時着、顔面、両手にひどく「火傷」を負われ、気がついた時は病院のベッドにあったという。そして、戦後間もなく不慮の事故で他界された。私は原さんの柩にすがり、痛々しいお顔に手を添えて、号泣した。


あれからもう四十年以上も経ってしまった。若くして逝った原さんの魂に、何ら報ゆることなく、東に西に空費した数十年の夢は、もう返すすべがない。今振り返って、このハガキを凝視するとき、在りし日の原さんの颯爽たるお姿を想い起こすのである。

そしてこのハガキの筆跡の雄大さ、簡にして要を得たるその見事さ、これが若干二十歳の青年の書いたものとはとうてい思えない。

戦後、あらゆる分野で、その栄光を求めず、ひたすら「江田島精神」を実践して来た七十五期も、多くはその姿を消そうとしている。私もまた、このハガキを他の地に運ぶことは二度とないであろう。

しかし、このハガキが手許にある限り、私にとって戦後は終わらないし、敢闘精神の止むこともない。原さんは今、栃木市郊外の「南小林」という地に「忠秉院義勇範道居士」として眠っている。


（昭和六十四年一月）

私の育った県立栃木中学校の校歌

一、御行《みゆき》かしこし神武原《じんむはら》
天《あま》そそり立つ男体《なんたい》の
勇姿に心正しつつ
利根の流れのよどみなき
日毎の進歩向上の
一路輝く我が理想

二、春咲く花の精をとり
秋れいろうの気をすいて
正大の心剛健《ごうけん》の
意気天をつく健児らが
手をとり集《つど》う学び舎《や》ぞ
国の力のたむろなる

三、あやに尊《とうと》き大君《おおぎみ》の
下し給えるみおしえに
健児われらが進むべき
道は永久《とわ》にさやけきを
いざたゆみなく励《はげ》まなむ
いざや雄々しく進まなむ

四、ああわが友よ同胞《はらから》よ
われらが肩に担いたる
使命は重し国のため
親しみ努めもろ共に
額《ひたい》にかざす栃の葉の
光を永久《とわ》に伝えばや

（今は県立栃木高校となって校歌も変わっている）

十五．仙台入試の頃の思い出

（これは恩師中川善之助先生が開寮された「冲和寮」の思い出の記に投稿したものである）

昭和二十一年の晩秋であったと思う。

黄ばんだ銀杏《いちょう》並木の下を通って、旧海軍省に兵学校の学業証明書を貰《もら》いに行った。もちろん大学受験のためである。

襟章を外した士官姿の担当官から簡単な質問を受け、面前で開いたままの「成績丙」なる証明書を頂いた。兵学校では机の配置から、ベッド、洗面具の置く順序まで成績順であったから、一号時代の席次からいって、「乙」くらいの成績表を貰えるものと思っていた私にとっては、相当のショックであった。

国のため、国のためと精励してきた私ども生徒にとっては、国敗れて人生のやり直しをするのであるから、たとえ成績が丙であっても、ここは温情をもって「乙」と判を押してもよかろうものをと、そう思ったのである。

しかるに若き担当官は、「貴様は甲乙丙丁戊の中『丙』である。しっかりやりたまえ」と厳然として申し渡されたのである。

それから十日ほどたって、東北大学から一通のハガキが来た。「手続書類に不備あり、至急補完せられたし」とのことであった。

その書類がなんであったか、はっきりした記憶はないが（謄本と妙本の間違いであったか）、日程の都合上、郵送では間に合わなかった。今でこそ、東京―仙台閣は特急で三時間ほどの道のりであるが、当時の国鉄事情は言語に絶するものであった。まともには乗車できず、ほとんどの人達は列車の窓から侵入した。窓をあけないと軍靴で蹴飛ばし、怒鳴り、やっとの思いで中に入ったものである。もちろん、中に入っても座れることはほとんどなく、多くの人は立っているか、新聞紙を車床に敷いて、腰を下ろしていたのである。

栃木で書類を整えた私は、小山駅から九時頃の夜行列車に、破れた幌の隙間から連結器のところに乗り込んだ。オーバーの襟を立て、マフラーを頭からかぶり、約八時間立ち通し、一睡もせずに午前四時半頃、仙台駅についた。

眠ったら最後、列車から振り落されると思った私は、まさに必死の思いであった。

小学生の頃、女の先生から教わった「味方は少なく敵衆し　日は暮れ果てて雨降らし　はやる勇気は撓わねど　疲れし身をば如何にせん」の白虎隊の歌を繰り返し繰り返し口吟《くちずさ》みながら、無事に着くことが出来たのである。

降り立った駅の構内には、ぼろを纏《まと》った労務者風の男女が輪になって、焚火をしていた。全身冷えきっていた私は、恥も外聞もなくその浮浪者の仲間に入って夜のあけるを待った。

大学の事務当局に出頭し、必要な手続きを終えたのは確か九時頃であったと思う。何を話したかもう記憶にないが、陸戦服の上着をつけた私を見つめる係官の温かい眼差しだけは、今もって鮮明に脳裡に残っている。

こんなことがあって私は幸い、東北大学に入学することが出来た。当時の試験は、語学と国漢文と論文、さらに面接があった（語学は新憲法の草案を英文で読んでいったので大いにたすかった）。論文のテーマは、確か「私の最も感銘を受けたこと」というのであった。

当時の教官がこのテーマを通し、受験生に何を期待し、何を引き出し、どう評価しようとしたのか、今もって解らないが、当時の日本の置かれた環境からして、多くの青年は「八月十五日」をとらえ、玉音放送のことや、軍国主義の反省やらを大いに論じたに違いない。しかし、私は運命の日を江田島という特殊な状況で迎えたが故に、ことさら当時の感想は書かなかった。「朕は汝等軍人の大元帥なるぞ。されば朕は汝等を股肱と頼み、汝等は又朕を頭首と仰ぎてぞその親しみは特に深かるべし」の価値体系の中に育った私の感銘では、りベラルな大学の先生方には通じないであろうと、咄嗟《とっさ》にさとったのである。そこで私は人間としてもっとも原始的かつ素朴な母の愛について自ら体験した事実を素直に述べて、これを論文として提出した。

高校生の作文ならいざしらず、大学の入試にかかる低位の論題をかかげ、いやしくも帝国大学の入試に臨んだのは、後にも先にも私一人ではなかったかと今もって恥じいる次第である。

その後、沖和寮にお世話になることになった。

ある日のこと、酒色をおびて帰寮した山畠先輩が、「今年の受験生には可愛いやつがいるよ。母の愛について初めて感激したようなことを書いていた者もいた」と石黒先輩の部屋で、上機嫌であった。瞬間、私は「大学の助手、文部教官ともなると、受験生の作文にまで目を通されるのか」と驚くと同時に、その書いた本人が合格して目の前にいるのに、「なんたることをいうものかな」と、咽喉まで出かかったものを、ぐっとこらえてしまったのである。

その日以来五十四歳になる今日まで、このことだけは誰にも口外したことはないが、北海道で老教授をしていらっしゃると承《うけたま》わる山畠先輩がこのことを知ったら、小さな体軀で左ひざを叩いて、「ほんまか！」とさぞびっくりされるであろうと、まことに痛快に堪えない。

ともあれ、一国を代表する親族法の大家中川先生が、学生の肩を叩きながら、酒を汲み交わし、沖和の実践教育をして頂《いただ》いたお蔭で、私たちはあの混乱の中から素直に立ち上がることが出来たのである。その後吹き荒れた学園紛争を思うにつけ、中川先生の有難さをしみじみと思う次第である。

（昭和五十六年三月）

このあと「山畠先輩」からお便りがあって、「貴殿が書かれたあの話は、中川先生とのお酒の席で、先生が洩らされたことを小生が聞きかじってお伝えしたまでで、私などが受験生の論文などに目を通すことなどはまったくなく、あくまであれは誤解だから、是非ご了解願いたい」とのことであった。

なお「沖和」なる文字は、中川先生が「菜根譚」の一節「神酣《たけ》なはなれば布被窩中《ふひかちゆう》に天地沖和の気を得べし」（精神が旺盛であれば粗末な夜具に寝泊りしていても、中正清和の気をもって生活することが出来る）から採られた由である。

それにしても、前夜一睡もせず、八時間も立ち通し、九時半から十時半発の東京行きの列車に乗って、また八時間もゆられ、疲れて参ったという記憶はまったくなかったのだから、兵学校で鍛えた体は、今から思うとまさに驚異的であった、としかいいようがない。

さらにまた、あの終戦時の混乱の中で兵学校の卒業席次が旧海軍省に届けられていたか否か私には知る由もない。

十六．随想二題、生と死と

一、生きる

例年、我が家では、夏の日差しを避ける意味もあって、西側窓辺に朝顔の種子を播《ま》く。今年も見事に成長して、紅紫《あかむらさき》の大輪を次々と咲かせてくれた。

早起きの私は「ガンルーム」（小さな食堂を私はそう呼ぶ）に端座して、この朝顔を眺めながら「しぶ茶」を飲むのが、何よりの楽しみである。だが、秋風と共に、今までの勢いを失って茶褐色の葉を垂れ、いつしか見るも哀れな姿になってしまう。

十月に入り、そろそろ潮時かなと、「今年もよくやったね」と言葉をかけてやりたいような気がして庭に立った。

来年用に、大き目の種子を採って、巻きついた蔓《つる》にハサミを入れ、逆回転しつつ茎を一つ一つ外して、庭の片隅に山と積んだ。

「燃えるゴミ」として出すのには、余りに嵩《かさ》ばるので、スコップを待ち出して、これをゴッツン、ゴッンと砕断した。しかしまだ大きな袋で三個分もありそうなので、さらに圧縮しようと、まわりの枯葉を集めて、一緒に焼却した。ところが、その日は夜半来の雨であった。濡れたものは、直ぐには出せない。

何日たったのであろうか。今日は片付けようと、ゴミの山に手を掛け裏返して見ると、なんと、この焼け跡の中に朝顔の新芽が、二本、三本と立ち上がっていたのである。私は驚きのあまり声も出なかった。

そして、この姿の中に、昭和二十年八月末、広島から貨物列車に揺られて、品川駅に着いた時の、あの大東京の姿を思い出していたのである。焼け野原と化した大東京のあちこちには、「掘立小屋」が建てられてあって、モンペ姿の老婦人が、バケツを手にして水を汲んでいた。あの光景が忘れられない。

思えばあの頃の日本国民は、この朝顔の如く、砕《くだ》かれ、焼かれ、狭いところに押し込められて、明日への希望を失いかけていたのではないか。しかるに、五十有余年後のネオン輝く大東京の夜景を見るがよい。

私は、この焼け跡の中に「生きる」ことの真の意味と、江田島で鍛えられた「不撓不屈の精神」の何たるかを、改めて教えられたのである。

二、死闘

ある晩秋の昼下がりのことである。久し振りに、ゴルフクラブの手入れをしようと、庭先に出して置いたドライバーのカバーに手をやると、何やら青みがかった茶褐色の物体が搦《から》みついている。触《さわ》った瞬間ぞっとして、咄嗟にこれを地面に払い落とした。

よく見ると、この異様な物体は、二匹の「蟷螂《とうろう》」が組み合った姿であった。いつも柔和な顔をして、人の気配に驚きを見せるカマキリが、今日は日向ぽっこをしながら愛の囁《ささや》きをしているところを、人間様に突然放り出されて、さぞ当惑していることだろうとも思い、ここはゆっくり、彼らの情交の場面を観察してやろうと、よからぬ想像を逞《たくま》しうしたのであるが、実はこの二匹のカマキリは、いつもとは似てもにつかぬ形相をして、まさに生死をかけた「死闘」を演じていたのである。

いつからこのような戦闘状態に入ったのか、知る由もないが、二匹のカマキリの足と足は搦み合い、大きな茶褐色のカマキリの前足は、青色のカマキリの首根っこをぎゅっと抱え込んでいる。中足は、互いに払ったり、払われたり、後足《あと》は、大地を踏んばって、相手を押し倒そうと懸命である。

小さなカマキリの中足は、何回も何回も相手の腹を蹴って、体を引き離そうとするが、茶褐色のカマリキは、がっちり相手の頭を押さえ、これを放そうとはしない。まさに柔道の押さえ込みである。茶褐色のカマキリの口が動く。青色のカマキリの頭を噛む。そのたびに、青色のカマキリの足がぴくぴくと動く。中枢神経をやられたのであろうか、「痙攣《けいれん》」を起こしている。

やがて、青色のカマキリの中足の動きが止まり、後足での踏ん張りも効かなくなって、ずるずると茶褐色のカマキリに引きずられるようになってしまった。

舐《な》めているようにも見えたが、実は相手の首を噛み切っていたのである。私は、この凄惨な蟷螂の死闘を観察しながら、自らの愚かさを恥じた。と同時に、この冬を迎えるに当たって、今まで共に生きて来た同僚までを嚙み殺して、自らの生を全うしようとするカマキリの「哀れさ」と自然の「掟《おきて》」を思い知らされたのである。

今、世はあげて平和万能、飽食にあけ暮れ、安逸の夢をむさぼりながら護憲、護憲と宣《のた》まわっているが、果たして日本の将来には、この「茶褐色の大きなカマキリ」が決して現われないとの保障があるのであろうか。

十七．兵学校時代の思い出とそれからの私

——鍛えられた不撓不屈の精神

ここに掲記した思い出の記は、最近になって、昭和十八年十二月、兵学校入学時に配属された「九〇四分隊」の追想誌を編集しようとの計画が持ち上がり、未だに脳裏から離れない出来事のみをかいて投稿したものである。

同校を去って早くも約六十年が経つので、多くのことは忘却の彼方にあるが、一号生徒に殴られたことや失敗したことなどは鮮明に記憶している。

また「それからの私」と題したのに、各地を転々としてきた思い出話が余り書けなかったのは全体のバランス上やむを得なかったと思われるが、他のエッセイの中でふれているので何卒ご容赦賜わりたい。

いずれにしても、兵学校というところは今の人にはほとんど理解できない壮絶極まりない想像を超えた荒道場であったことだけは、確かである。

一　つい吹き出してしまった姓名申告

兵学校生活の中で入校日当日の、あの度肝を抜かれた一号生徒の怒号と罵声ほど強烈な印象として残っているものはない。これが兵学校の伝統、名物行事であることとはつゆ知らず、「俺は剣道二段だ」ぐらいに思っていた私ではあったが、あの「聞こえん」「声が小さい」「きょろ、きょろ、するな」「そんな声では軍艦は動かん」と、何回も何回もやり直しさせられる先任諸兄の姿を見ていて、私は少なからず同情を覚えていた。

ところが、どなたであったか、「みみっちい声を出すな」の怒号を聞いて、私は思わず吹き出してしまった。その間、前方の二号生徒が机の蓋を上げたり下ろしたりしていたが、これは必死になって笑いをかみ殺していたということが自分が二号になってみて初めてわかった。

つい笑ってしまったその瞬間、つかつかと私の前に来た一号生徒が片手に軍刀か何かを持っていて、「貴様は戦友の失敗がそれほどおかしいか」というなり、力一杯突き飛ばされてしまった。不動の姿勢をとっていた私は、体ごと「どすん」と倒れてしまった。そこには発光信号用の電球があって、「どかん、ぴしゃ、がちゃ、がちゃ、がちゃ」と電球の破片が床一面に飛び散った。

しかし、そんなことには一切お構いなく、次ぎ、次ぎと姓名申告は続いた。だが、小生のところに廻って来た頃は、さすがの一号生徒も疲れたのか、言うべき言葉に飽きたのか、それほど言い直しをさせられなかった。

実は第七十七期が入校して来た時は、以上のような三号生徒も一号になっていて、「蚊の泣くような声を出すな」と七十三期にやられたと同じように、怒鳴り散らしていたのだから、兵学校というところには、娑婆では絶対味わえない痛烈な伝統があるものだとつくづく思った。

しかし、あれが海軍軍人としての第一歩、上官の命とあれば水火も辞せず、死地に赴く心構えを体得させるための修練道場への入門行事であったことを、三号を迎え入れてみて初めてわかった。

二　入校教育修了時点で初めて知った一号の火の出るような鉄拳

約一ヵ月間にわたる激しかった入校教育も終わって、当局の配慮か若干の酒保を支給され、三号たちは飛渡ノ瀬方面に、今でいうエクスカーションに出掛けた。久しぶりに娑婆の空気を吸いながら、沿岸の民家や漁船などに目をやり、楽しい散策の一時を過ごした。

どこで食事を摂り、酒保をどのように食べたかは記憶にないが、当日の夜、自習時間も済んで、いざ寝室へという折も折、「本日、酒保を生徒館に持ち帰ったものは手を上げろ」との一号生徒のお達示であった。

一瞬、手を上げるべきか否か迷ったが、「言行に恥づるなかりしか」を唱和したばかりであり、私は真っ先に手を上げた。他の三号が何人、手を上げたかは最前列にいた私は知る由もなかったが、「当日は酒保を持ち帰るな」との注意も伝令もなく、私はただ漫然と風呂敷包みのまま、生徒館に帰着してしまったのである。

一月になると、江田島の寒風も殊のほか厳しい。当夜巡検ラッパが鳴り終わったあと、「三号はそのまま寝室前の廊下に整列せよ」とのことであった。一号生徒も全員寝間着姿で、「貴様たちの中に本日酒保を生徒館に持ち込んだ者がいる、酒保は生徒館に持ち込んではならないことは知っていたはずだ。これは三号全員の責任である。只今から貴様たちの腐った根性を叩き直してやるから足を開け」と、全員が一号生徒の火の出るような鉄拳を受けた。私はその理由を作った張本人であったから、その夜の鉄拳ほど辛く、痛く感じたことはなかった。

私が馬鹿正直に手を上げたばかりに、クラスの全員に迷惑をかけてしまったと、しばらくの間、申し訳ない気持ちで一杯であった。しかし、その後、日時が経つにつれて一号生徒は教育期間終了までは懇切丁寧に教育指導をし、いざこれから武人としての修練を始めなければならないと、今か今かと腕を鳴らしてその日の来るのを持っていたようにも思えるようになった。

第一、七十五期が入校した頃は、養浩館での酒保取り扱いは取り止めになっていたし、こっそり酒保を生徒館に持ち込んで食べようなどとは、我々七十五期はおよそ想像したこともない。そう思うようになってから、私の罪の意識は消え失せ、一号生徒はその理由の如何を問わず、一日も早く七十五期を名実ともに兵学校生徒らしい人間に育て上げるための使命感から発したもののように理解できるようになった。それにしても、寒風肌裂くあの夜の鉄拳は何か五十八年経っても私の脳裏から離れることはない。

三　兵学校名物行事の中で一番辛かったことは何か

兵学校生活を送った者なら誰しも、厳冬訓練中のカッター、寒風吹き荒ぶ中、波のしぶきを「ばさっ」と被《かぶ》ったときのあの冷たさ、お尻が真っ赤になってヨーチンを互いに塗りあったあの寝室、猛暑訓練の遠泳、しばらく真っ直ぐに歩くことが出来ず這うようにして海岸線を歩き、飴湯を貰《もら》って風呂に入り、やっと通常人になれたこと、そして無我夢中で漕いだ宮島遠漕、ゴールに入って倒れるように櫂《かい》を抱えてうつ伏せに、失神状態であったこと。

しばらくして頭をもたげると、左手に機動艇が見えて、その向こうに厳島の海岸線が白く光っていた。実はこの海岸線こそ、その昔、毛利元就が二千の兵を率いて嵐の中をここに上陸し、陶晴賢軍に奇襲をかけた由緒ある古戦場であったことを、当時は知らなかったのである。

それにしても、あの宮島の「彌山登山競技」は本当にきつかった。戦後になって親友の佐藤允兄（仙台一中、七十五期）から、「前澤、あれから宮島へ行って来たよ。あの階段は一段ずつ上るには狭いし、二段ずつ飛び越すには広過ぎる。そこが難しいところだよ」と聞かされたが、当時はそんなことはまったく知らず、体力に自信があった私は、真一文字に二段ずつ駆けあがって行った。

前半、あまりに張り切りすぎたため、途中で両足が硬直し、ゴール寸前では息も絶え絶え、林道の樹木も見えず、やっと一号生徒に手を取られ、這うようにしてあの山門に辿りついた。

また、原村演習では、二十五ミリの重機関銃を四人で担いでの退却戦、背丈がまちまちで小生の肩に必要以上の重心がかかり、「がたがた」「がたがた」、本当にひどい目にあった。しかし、すべての訓練を通し「泣き言」を言ったことは一度もないし、井上校長の「諸子は本日より戦闘に参加する者なり」の言葉を伺っては、「辛い」などと思うことは論外であった。

ただ遊泳訓練が終わったあと、西生徒館の屋上に遊泳帯を干しに階段を駆け上がって行って、三階あたりで「待て！　やり直せ」と言われた時は、正直言って一号生徒を恨めしくも思ったものだ、しかし、今となってはあれが不撓不屈の精神を叩き込むための江田島特有の修練であったといえるかもしれない。

他の期友は何というか知らないが、私の七十八年の生涯の中で彌山登山競技ほど苦しかった体験をしたことは、ほかにはない。

四　今だから言えること、二号時代の痛恨の思い出

昭和十九年九月、分隊の編成替えがあって、私は西生徒館の四〇二分隊に配属された。伍長は戦後、江田島の第一術科学校校長を勤められた「伴野丈夫」さんであった。三号時代は勉強らしい勉強をしたという記憶はほとんどないが、訓練や体育で評価されたのか、席順はちょうど真ん中辺りになっていた。

それはともあれ、七十六期を迎えてからは七十五期も名実共に二号生徒らしくゆとりのある生活が出来るようになって、互いに身の上話を語りうるようになったが、そんなある日、日曜外出時に支給される弁当が紛失するという事故があって、七十五期の某君が一夜にして免生、挨拶もなしに突然、寝室から姿を消してしまった。当時、食堂のスペアを食べて黒帽を被った一号生徒もおったが、同じ不正でも卑しい行為は、兵学校では絶対に許されないということを肝に銘じて知った。

その後、二号時代の締めくくりとして兵学校では、飛行機搭乗員の適性検査が大々的に行なわれた。もちろん、私も航空班志望であったが、某日の筆記試験の最中、「そこの生徒立て」との号令が掛かった。実は小生、少しでも良い点を取って、航空志望が叶えられるようにと「待て」が掛かっても、数秒の間、筆を措《お》かなかったのである。

霞空から派遣されて来た係官は、「貴様は待て、がかかっても、未練がましく筆を措《お》かない。

そのような人間では、いざという時、自爆も出来ない。試験は受けなくても良いから立っておれ」と命じられた。私はその係官をぐっと睨み返したが、上官の命は絶対である。その時、私はこの係官の風采から見て、この方は予備学生出身で、霞空では兵学校出身の教官から同じようなことを言われながら教育を受けられた方だと直感した。

止むなくその日は白紙に近い答案を提出したが、帰り際、「木日のことは分隊監事に報告しておけ」とのことであった。当時の分隊監事は、あのミッドウェー海戦で「赤城」の砲術長をしており、誘爆時の激震で身体ごと海中に放り出され、九死に一生を得た「故仲繁雄中佐」(第五十二期、故高松宮殿下と同期性)で、私の報告を聞き終わった仲中佐は、私の目をじっと見つめ、「そうか」と申されただけだった。

当時兵学校では、将来より危険な職務(ほとんど特攻へと覚悟を決めていた)に着くことが誇りであり、零戦に乗ることが吾々の夢でもあったから、あの日の屈辱と悔やしさは、今になっても忘れることは出来ない。だが、仲教官が「そうか」としか申されなかったのは、収容能力や予算から見て、半数の人員は落とさなければならなかったし、この係官も霞空を出発するとき、そういわれて来ていたかもしれない。

五　一号になって初めて判った七十三期の凄さ

一号になって私は、同じ西生徒館の五〇八分隊(教育参考館の真ん前)に配属されたが、やはり艦船班であった。当時、私は「剣道係」を命じられたが、三号も忙しさのあまり竹刀の手入れなどには手が廻らず、ぽんぽんとほうり込むだけで、中帯が切れて緩んでいたり、突き先の革が破れていても、そのまま放置されていた。

某日、私は三号に総員寝室に集合を命じ、「刀は昔から武士の魂と言われている。たとえ竹刀とはいえ、この様はなんだ。貴様たちの精神を叩き直してやる」と一人一人、約二十数名の三号生徒を殴った。

五人、十人と殴っていくうちに何か殺気が漲《みなぎ》り、殴られる者より殴る者の方がある種の怖さを感じたのである。終わった後、その右手の痛かったこと、思わず「昇汞水《しょうこうすい》」の中に手を入れ、赤く腫《は》れた我が手を握りしめた。

その祈、頭をよぎったものは、七十三期は三倍もの三号生徒を迎え入れ、繰り上げ卒業ということもあって、よくもあれだけ三号生徒を鍛えてくれたものだ。「汚物放置」が果たしてあったのか無かったのか、なんだかんだと実に尤《もっと》もらしい理由をつけて、八方園の北側や千代田艦橋前でよく殴られたものだ、三倍もの三号を一人一人、力一杯殴るのであるから、七十三期生徒もさぞ辛く痛かったであろうと、自ら一号になってみて初めて七十三期の気迫とその凄さが解ったのである。

戦後、七十三期の漆原恒夫さん（同郷の方）にお会いした時、本音が出たのか、「何もあそこまで殴らなくても良いものを」と、七十一期のしごき振りを洩らされたことがあったが、鬼の一号生徒も、かつては吾々と同じような三号生活を送られたことを知って、何かほっとしたような気分を味わった。

しかし、今となっては不思議なことに、殴って下さった一号生徒の方がある種の懐かしさを覚えるし、先輩方にはいささかも私心がなく、いずれの方も国に殉ずるの覚悟を持って殴っておられたから、三号生徒も決してこれらを憾《うら》みには取らなかったのではないか。しかし、七十七期にはこの思いは通用しなかったかもしれない（ただこれらが兵学校教育の真髄と説く七十七期も沢山いる）。

（注）　ただ私が三号生徒を殴ったのは前述のただ一回だけで、自らの三号時代を顧みて、出来る限りその心底に愛情ある鍛え方をすべきであったと考えている。下士官、兵間で行なわれていた罰直という制裁（棒で尻を叩く）の慣例は、帝国海軍の汚点の一つであったと今も思っている。

六　終戦前後の江田島は先輩方が想像されるような兵学校ではなかった

沖縄戦がいよいよ終結を迎える頃、兵学校の訓練は陸戦主導になって、敵戦車目がけて破甲爆雷を投入する訓練や、段々畑を這い回って敵陣に夜襲をかける訓練、さらには敵の上陸を想定して如何に陣地を構築するかの図上演習等が行なわれた。

さらに御殿山の中腹に、自習室や講堂まで移せるような大規模のトンネルを構築することになり、分隊ごとに昼夜の別なくトンネル掘削工事に従事した。岩盤に穴をあけ、ダイナマイトを仕掛け爆破して、その岩石を手押し車に載せて外に運び出すのである。こうなると、水泳一級でも体操何級でもまったく関係がなく、田舎育ちの頑健な生徒が一番役に立つ。

B29の焼夷弾空襲に遭って、呉上空が赤々と燃え広がって行く夜空を見ていたのは、五〇八分隊の寝室からであった。幾多の将兵の故郷ともいうべき呉市がこのような状態になって、呉軍港の機能は大丈夫か、その夜はなかなか寝つかれなかった。

昭和二十年七月に入り、呉、江田湾方面にアメリカ艦載機による大空襲があり、帝国海軍きっての最優秀艦「利根」「大淀」が擱坐、横転してしまった。その日はたまたま陸戦服を着替えに寝室におって退避する暇もなく、西生徒館の二階廊下から「利根」の戦闘状況を凝視することが出来た。

米機が尾部から白煙を引きながら能美島の中腹に激突、炎上する光景も見たし、翌日、湾内に米航空兵の死体が海面に浮上し繋留されていた姿を見たが、これが「水漬《みづ》く屍《かばね》」かと、南海の島々で吾々の先輩方もかくのごとく散華されたかと思うと、敵ながらある種の哀感を覚えた。

昭和二十年八月六日午前八時十五分、広島に原爆が投下された時、吾々の教斑は通信講堂におって、まさに授業が始まらんとした折も折、「ピカッ!」と閃光が光り、ついで「ドスン!」という轟音が響き、通信講堂の窓ガラスが「ビビン!」と大きく振動した。

何事ならんと窓を開けて轟音の方向上空を見上げると、広島の上空にもくもくと白黒雲が猛烈な勢いで天に向かって広がっていた。やがて長崎にも特殊爆弾が投下され、「原子爆弾」であることが判った。

そして、不可侵条約を結んでいたはずのソ連軍が満州、朝鮮地区に侵攻を開始したとの情報が入った。その夜、私は西生徒館の屋上に独り上り、故郷の方向を仰ぎ、これで俺もいよいよ生きて故郷には帰れないなと覚悟を決めた。当時の教官方の胸中は如何ばかりであったか、お察しするに余りあるものがある。

その後、間もなく重大放送があるから、第五部の生徒は西生徒館前に集合せよとの達示があった。まさに正午、陛下の終戦にかかる玉音放送であった。雑音が激しく、「太平を開かんと欲す」とか「耐え難きを堪え、忍び難きを忍び」などは聞き取れたが、ポツダム宣言を受諾して、この大戦に終止符を打つとの陛下のご決意のほどはまったく聞き取れなかった。教官からもこの時はなんの説明もなく、「掛かれ」ということでそれぞれ自習室に戻った。帰ってみると、自習室に何人かの生徒が机にうつ伏せになって号泣していた。

七　それからの私

(1)　帰郷、進学、就職

私の五〇八分隊一号の中に、朝鮮から来た「西山史郎」君という男がいて、動乱の中に帰るわけにはいかないというので、「一緒に栃木まで帰らんか」と誘い、二人で無蓋貨車に乗って故郷に帰った。宇品に上陸して、広島駅まで辺り一面焼け野原になっていて、包帯を巻いた子供を背負った少女を車窓から見たが、この姉弟は果たして生き延びられたか否か、悲しい光景としていまだに脳裏に残っている。

(西山君の兄上が東京におられることが解って、我が家まで迎えに見えたのは、その年の暮であったろうか。その間、二人しての苦悩の生活振りは紙面の都合上、省略させて頂く)

昭和二十二年三月、私は幸運にも東北大学法文学部に入学し、親族法の大家、中川善之助先生に師事し、無料法律相談所の手伝いなどをした関係もあって、先生のお世話で新三菱重工の「神戸造船所」に就職することが出来た。この造船所は戦時中、潜水艦を造っていたところで、海軍監督官の事務所が分離した中日本重工の本社となっていた。

この本社には戦時中、名古屋航空機製作所の副所長として、零戦を作っておられた服部常務という方がおられて、この方が九〇四分隊の服部寛兄の父上であられたことがその後十数年も経ってから初めて知った。

また、八月十五日の終戦に際し、社長より事業所長宛てに通達された社報があって、「従業員諸子は国家と運命を共にせよ」と訓令があって、私は独り書庫の中でこれを読みながら、涙をこらえることが出来なかった。そして、ただ私はかかる会社に就職できたことを心から誇りに思った。

(2) 三菱自工への転籍

私は十七年間、神戸に住み、最後は資材管理課長を努《つと》め、一時大阪支社の購買課長をやっていたが、三菱自工発足にともない、愛知県岡崎市に新鋭工場を建設することになり、乗用車資材管理課長として三人の子供を連れて岡崎に移った。

同工場は旧海軍の岡崎航空隊の飛行場跡に建設されたものであるが、家康の生地として有名である。もともと私は、造船所育ちであったから、自動車の生産には経験がなく、販売も思うにまかせず、七年間の岡崎生活はまさに苦闘の連続であった。居酒屋の片隅で白虎隊や同期の桜などを歌いつつ憂さを慰めていたのはこの頃であった。しかし、本当に苦労したのは、妻や子供たちではなかったかと思っている。

その後、三菱では販売面を強化するため、各事業所に「販売協力室」なる職制が出来て、昭和五十三年、図らずも私は、本社の販売協力室長を命ぜられ、三菱グループ各社及びその取引先への特販業務を担当することになった。

(3) 関連会社への出向

三菱では定年間近の社員を夫婦同伴で二泊三日の旅行を許可する「定年旅行制度」があって、

たまたま七十五期の全国総会が江田島であったので、私はこの制度を利用して、昭和五十八年頃、初めて家内を江田島に連れて行った。

教育参考館に展示された「父上様、母上様」と書かかれた遺書の前に立った家内は、涙のハンカチを握り締めて立ちすくんでしまった。かくして国に殉じた若者たちが、あたかも我が子がその場にあったように思われたからだという。

それから間もなく私は、百パーセント子会社の「三菱テクノメタル株式会社」の常勤監査役として、福島県二本松市に単身赴任した。二本松城は戊辰戦争の折、会津若松城と共に官軍の総攻撃にあって落城したところであるが、今ある大手門も老松も昔の面影を留め、いつぞや前田昭二兄が紹介された「汝の俸、汝の禄は民の膏、民の脂、下民は虐げ易く、上天は欺きがたし」の戒銘《かいめい》石碑が藩士登城の参道に在り、菊人形で有名である。

また、縁とは不思議なもので、関野清成兄の実弟が本社の資金部長に昇進されて、私と共にこの会社の監査役を兼務することになり、折々の相談に行っても、兄貴の同期生として丁重な対応をしてくれた。ここでは「監査役の職務」を作成し、誰が監査役になっても困らぬように残すべき文書をすべて整理し、関連法令一覧表を作成し、特に公害の防止に注意を払った。

三期六年間の監査役任期満了を迎え、いよいよ三菱グループを去る日が迫った時、私は降りしきる窓外の雪を眺めながら、「果たして私にとって江田島での教育は何であったか」と重工時代からの自らを反省し、最後の監査報告書には、江田島精神の何たるかを行間ににじませて三菱を去ろうと決意した。

(4) 水交会との出会い

三十九年間に及ぶ三菱グループでの生活を終えて六十五歳になっていたが、何か私には燃え尽きないものが心の底に残っており、そうだこれからは一年に一つか二つ論文を書き、これを「古鷹」や「水交」に投稿して、余暇の楽しみにしようと決意し、今まで読み残した本を読み直し、多くのエッセイを書いて、「水交」や「古鷹」に投稿した。

その後、時の水交会会長中村悌次さん（六十七期、元教官、海幕長）が連合クラス会の席上、ご挨拶の中で私の書いた次の一節を紹介され、たまたま小生も出席していたので、極めて感激の至りであった。

「江田島精神はその象徴たる桜花と同じく帝国海軍に咲いた日本固有の花である。それは今なお我々の間における美と力の活ける対象である。それを生み、育てた海軍はすでに消えて久しい。しかし昔あって今はあらざる遠き星が、なお我々の上にその光を投げかけているように、江田島精神は、その母たる海軍兵学校の亡き後も生き残って、今なお我々の生くべき道を照らしている」と。

そのことがあってか、元教官の市来俊男様（六十七期）から「水交」の編集委員にとの依頼があったが、私は天性の悪筆で、とても「水交」の編集の仕事は出来ないと断わったが、人がいなくて困っているとのことで、止む無く引き受けることになった。

新しい委員が揃ってみると、クラス順と年齢から見て私が最古参、いつの間にか編集委員長に祭り上げられてしまった。

それから、あれこれやったことは省略するが、数ヵ月にして不運にも、脳梗塞を患い、一時文字も書けないような症状を呈してしまった。やむなく診断書を添えて理事長に辞任届を提出し、それからは一切物を書くことを中断することにした。その当時の理事長は同期の吉田学兄

（元海幕長）で、配慮の行き届いた大人物であったが、彼の好意に報ゆることなく、中途で委員を止めざるを得なかったことは無念の極みであった。

八　終わりに当って

戦後五十八年を顧みて、栃木、仙台、神戸、大阪、岡崎、東京と移り住んで、三人の子供を育てながら社宅を転々とすること八回、なんとか今日まで頑張り通し得たのは、一つには家内が極めて健康で良く支えてくれたことと、先輩、同僚、後輩に恵まれ、何かにつけご指導、ご支援を賜わったお陰であり、昭和十八年十二月一日、大きな声で姓名申告をした「九〇四分隊」の自習室が男としての出発点であり、第七十三期、第七十四期の一号生徒に鍛えられた「不撓不屈」の精神が私の心の底に残っていたからだと、今もって感謝している。

「春の闇　過ぎにし人の　見ゆるなり」

戦後50年を記念して、靖国神社参拝後、海軍大尉の服装をお借りして撮った筆者並びに我が家の小さな庭に造った先輩たちの「墓標」太平洋

十八・手許に残された思い出の写真

昭和18年11月21日、当日広島行きの夜行列車に乗るまで、時間が余って、同級生（75期）の今井広兄と銀座を歩いた思い出のスナップ。右側が小生

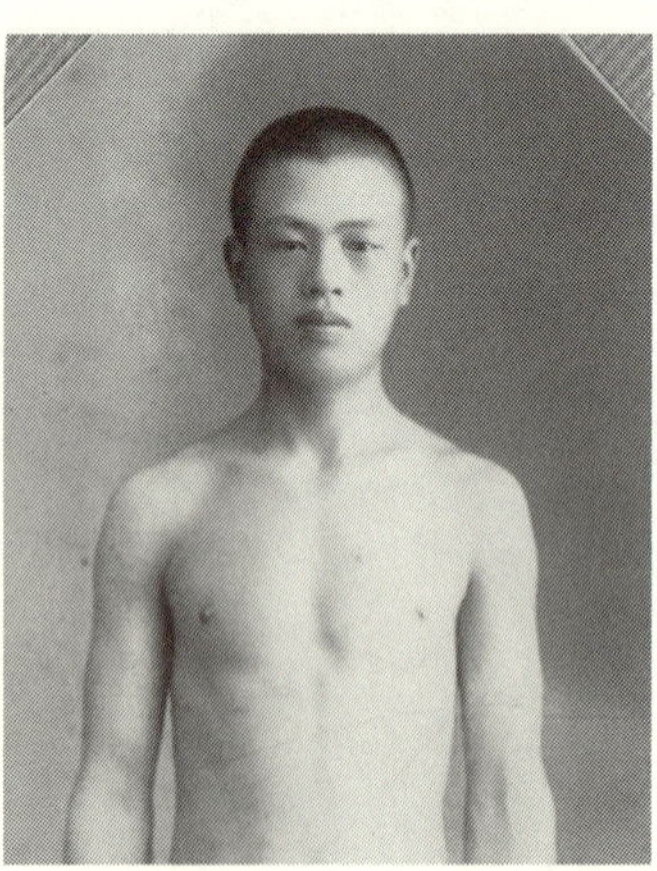

兵学校入学願書に添付した写真。栃木中学五年生。昭和18年夏

江田島への出発の朝、栃木市伯父源太郎の家の玄関先にて（昭和18年11月21日）。前列右から二人目が小生

昭和19年夏休暇の折、栃木市にて。右は長兄「韶」。近く宇都宮師団に入隊の予定で、これが兄弟の別れの記念にと母は思っていたかも知れない。その後、兄はすぐに北支に派遣され、終戦の折は満州で予備士官の教育を受けており、3年後にソ連から帰国した

昭和19年3月、第73期生徒卒業を前にして最前列が1号生徒、中央が三好分隊監事、4列目右から4人目が前澤

3号生徒時代の小生。初めて家郷へ送った写真。昭和19年2月頃

第74期生徒卒業を前にして。最前列が1号生徒、中央が仲分隊監事（中佐）、402分隊。3列目、右から3人目が小生、2号生徒

終戦によって1号時代の508分隊の記念写真はない。これは73期の原敏夫さんの葬儀に参列した折の写真。昭和21年1月、帰郷して5ヵ月も経つとかくの如く見苦しい1号生徒になってしまった

吾らが敬愛する904分隊の1号生徒。前列左より、小出実大尉、関東南方海域にて戦死、竹川孝男海軍中尉、中島又雄海軍中尉、山浦茂義海軍中尉。後列左より、米加田節雄少佐、南西諸島方面にて特攻戦死。大西正誼海軍中尉、戦後病死、八島理喜三海軍中尉、末吉正弘大尉、奥羽方面にて戦死。この写真は岩国航空隊にて飛行訓練実習の折に撮影したものを、3号生徒全員に下さったものである

練兵場より臨む西生徒館。運命の8月15日、この生徒館の玄関前に整列して吾々は陛下の玉音放送を拝聴した。小生は2号時代をこの生徒館の左サイド402分隊で、1号時代は右サイドの一番奥の508分隊で送った

海軍兵学校・昭和18年11月編成　第904分隊・57年目分隊会。於　代々木会館、平成12年9月2日。前列中央が中島伍長。平成9年9月から7年間、服部兄と2人して904分隊会の幹事をやった。後列右から2人が前澤夫妻

九〇四分隊会の皆様へ

平成一二年九月一〇日
幹事　服部・前澤

一二年度九〇四分隊会の結果報告と感想

去る九月二日の分隊会は久し振りに会場を変えて、昼食時をはさんで代々木会館で開催した。第七三期から中島又雄氏（以下すべて敬称略）、八島理喜三夫妻、早川タチ子（米加田）、第七四期からは白石、鬼丸、井本の諸先輩をお迎えし、第七五期からは東京近在の常連の外、遠く神戸から岡田弘三郎兄が駆けつけられ総勢一八名実に賑やかな愉しい一時を過しました。

冒頭　前澤幹事から長い間ご支援とご協力を賜った井手ロ道男兄への感謝の言葉が述べられ。欠席者の消息はまとめた資料で配布。靖国の英霊に対する追悼と、早くこの世を去られた同分隊の諸兄の冥福を祈って黙禱を捧げ、中島さんの挨拶と乾杯の音頭で始められた。今や老医学博士となられた岡田弘三郎兄が三号時代の面影よろしく、てきぱきと全員の記念写真の撮影やら、一号、二号生徒の思い出話しなどスマートにまとめられ実に見事であった。

慣例のテーブルスピーチは七三期、七四期関係者は全員、七五期からは（予定していた井手ロ兄を飛ばし）前述の岡田兄と故米加田少佐の遺書などをまとめて来られた前田昭二兄が行なった。

苦節五〇年、選んだ道と立場は夫々であっても会えば一〇〇年の友を得た如く、三号時代の思い出話しに花が咲き「ストッパーをひるがえしながら寝具を担ついで、生徒館内を走り廻った」当時の話を勝田良雄兄から始めて伺った。それは兎もあれ、最後に「あゝ海軍」「同期の桜」と「江田島健児の歌」を全員で合唱したが、齢七〇を越えても一糸乱れぬ「貴様と俺とは同期の桜」の大合唱が代々木会館に響き渡って、誠に感無量なるものがあった。中島さんの最後のしめ「分隊止まれ」の号令は、若々しく凛々しくさすがはと感心させられた（家内が録音して帰ったので聞き直したのです）。Hなことは取って居りません。

只惜しむらくは九〇四分隊会の顔とも申すべき井手口兄がビジネス上のトラブルに巻き込まれて顔を見せず、我が分隊をこよなく愛し分隊名簿の整理から萬端、心を砕いて来られた服部幹事が出席出来なかったことが、かえすがえすも残念であった。

しかし、あの混乱と激動の中を闘って来た吾々、一号生徒に鍛えられた堅忍不抜の精神と負けじ魂を堅持し、いつまでもいつまでも頑張ろうではないか。来年も又お会い出来ることを楽しみにしています（人手不足でサービス面甚だ不行届。来年は考えます）。なお全体の記念写真他、岡田兄が直接本人あてに送ると申して居りますので、本信では小生の家内が撮った一部のみ同封します。

遺書

太田命は大正十五年生まれで、ほとんど兵学校七十五期と同じ年である。この見事な遺書を拝聴しつつ、自らのなすなきを心に恥じたのである。

海軍二等兵曹太田暁命。昭和十九年二月六日、南洋群島クエゼリン島にて戦死。十九歳。長崎県西彼杵郡瀬川村出身。

拝啓

昭和十九年の新春を迎へ、一月も既《すで》に十二日が過ぎました。

父上様始め皆様お変り御座居ませんか。

想へば大正十五年五月十一日この世に生をうけ、温い御両親様の愛情に包まれて育ちましたことを此上《このうえ》もない幸せと存じます。

904分隊会の幹事として挨拶をする小生。右が家内

終戦50周年を迎えた分隊会で「太田命《みこと》」の遺書を朗読する前澤教子

お母さん、やさしいお母さん、今日までのいろいろなお心遣《づか》ひまことに有りがたう御座居ました。お体をおいとひあつて長生きをして下さい。私はお先に参りますが、ただ一つ残念なことは孝養《こうよう》の一端も果たし得ずしてお別れする事が何より残念でなりません。どうかお許し下さい。

あゝ、再び帰ることのない懐《なつか》しい故郷の歌声が聞えてくるやうです。あの山、あの川、あの小道、なつかしい想ひ出ばかりです。

暁も日本帝国海軍軍人として、立派に最後を飾《かざ》る所存《しょぞん》です。御安心下さい。何れ靖国神社のお社でお会ひ出来ることを楽しみに致してをります。

御両親様、どうか末永くお幸せであられますやうお祈り申し上げます。

昭和十九年一月十二日

太田　暁

御両親様

１号時代の508分隊会。平成12年10月頃。左から２人目が前澤、右へ堀、山口伍長、野口が75期。第76期、第77期の諸兄は名前と顔が一致しない。後列右から二人目がいつも幹事を引き受けてくれる渡辺俊氏

75期の全国総会に水交会を代表として挨拶に立たれた９０４分隊の中島伍長を囲んで。前列、膝をついているのが左から星野及び関野。後列右から前澤、服部、水交会副会長の中島伍長、その左が74期の代表幹事白石伍長、次が阪本。この折は確か服部夫人が撮って下さったものと記憶している

東北時代の恩師。中川喜之助先生を囲んで。冲和寮時代、昭和24年頃。２列目左から２人目が小生

商法ゼミナール仲間達と小町谷操三先生の自宅で。別れの懇親会。昭和25年2月頃か。最後列右から2人目が小生。中央の腕を組まれておられるのが小町谷先生、次女のお嬢さん、その右が先生の奥様、長女のお嬢様

或る過ぐる日の三菱重工Navy会。その主役はほとんど75期になってしまった。最前列左から２人目前澤玄、その右隣りが木幡淳。右へ小林和夫、厚川麻須美、日塔利一の諸兄

三菱自工Navy会。前列左より矢ケ崎神慈（機54期）、森園良巳（72期）、木曽康太（73期）、金子靖雄（74期）。２列目２人目、和気理（74期）、１人置いて前澤玄（75期）、２列目最右端が副社長までやった鈴木安孝氏（海経37期）

栃木中学在京同級会。44回卒に因んで獅子会と称す。物故者がふえて今後の運営が危ぶまれる。昨年は関利男、亀田政男の中核メンバーが亡くなった。前列最右端が亀田政男。後列左から２人目が小生

左から野口祐（慶応大学教授）、小生、その隣が亀田玲子様（亀田政男夫人）

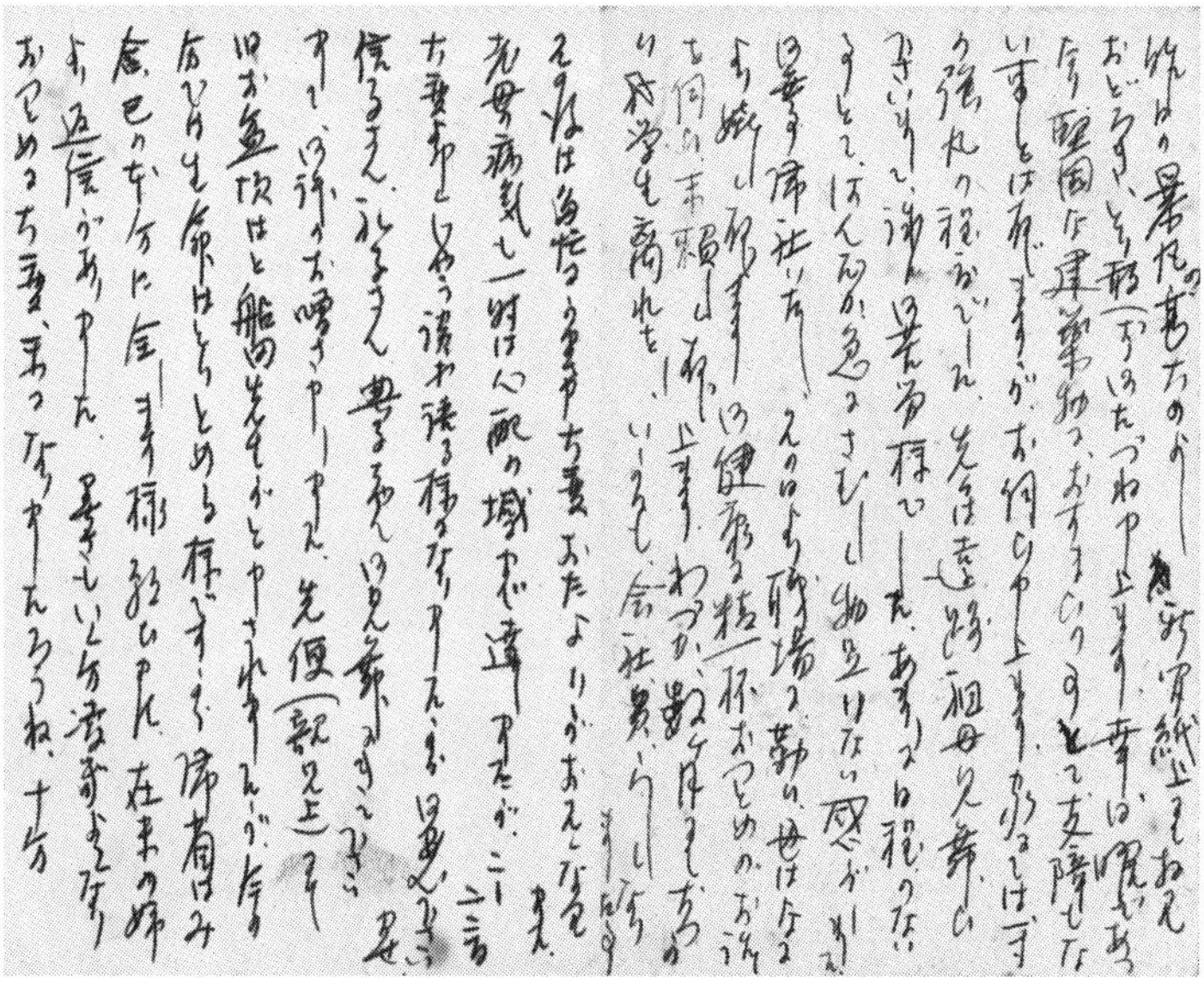

亡き母の筆跡。母は仕事の合い間に机に向かうことなくちょっとしたところで、いつも走り書きをしていた。

これは神戸に就職した昭和二十五年頃のものであるが、その年の十二月一日、四十八歳の若さで他界した。（胆のう炎の手術の失敗であった）。

母は七人（男五人、女二人）の子供を育て、自らをすべて犠牲にして子供のためのみに生きた。

在りし日の兄等の
御魂安かれと
捧げし灯《あかり》詣《たず》ね
行くなり。

左側最上段は海軍兵学校各
クラス会からの献灯である

平成十五年七月
靖國みたままつりに
参列して

十九．歴史に留めおきたい海軍の名軍歌の一端と神風特別攻撃隊員の惜別の辞

あゝ江田島

凛たりし海軍兵学校
意気と情熱がぶつかり合った
白熱の青春、誰か知る　あの
壮絶にして清冽な日々を

同期の桜

一、貴様と俺とは　同期の桜
同じ兵学校の　庭に咲く
咲いた花なら　散るのは覚悟
みごと散りましょ　国のため

二、貴様と俺とは　同期の桜
同じ兵学校の　庭に咲く
血肉分けたる　仲ではないが
なぜか気が合うて　別れられぬ

三、貴様と俺とは　同期の桜
同じ航空隊の　庭に咲く
仰いだ夕焼け　南の空に
未《いま》だ還らぬ　一番機

四、貴様と俺とは　同期の桜
同じ航空隊の　庭に咲く
あれほど誓った　その日も待たず
なぜに死んだか　散ったのか

五、貴様と俺とは　同期の桜
離れ離れに　散ろうとも
花の都の　靖国神社
春の梢に　咲いて会おう

江田島健児の歌

一、澎湃寄する海原の
大濤砕け散るところ
常磐の松の翠《みどり》濃き
秀麗の国秋津洲
有史悠々数千載
皇謨仰げば弥高し

二、玲瓏聳ゆる東海の
芙蓉の峰を仰ぎては
神州男子の熱血に
我が胸更に躍るかな
あゝ光栄の国柱
護らで止まじ身を捨てて

三、古鷹山下水清く
松籟の音冴ゆる時
明け離れ行く能美島の
影紫にかすむ時
進取尚武の旗挙げて
送り迎えん四つの年

四、短艇海に浮かべては
鉄腕櫂も撓むかな
銃剣とりて下りたてば
軍容粛々声もなし
いざ蓋世の気を負いて
不抜の意気を鍛わばや

五、見よ西欧に咲き誇る
文華の蔭に憂いあり
太平洋を顧みよ
東亜の空に雲暗し
今にして我勉めずば
護国の任を誰か負う

六、あゝ江田島の健男児
機《とき》到りなば雲喚びて
天翔けゆかん蛟竜の
池に潜むるにも似たるかな
斃れて後に已まんとは
我が真心の叫びなれ

江田島健児の歌

神代猛男 作詩
佐藤清吉 作曲

ほ うはいよ する うなばらの
おおなみくだけ ちるところ と きわのまつの
み どりこき しゅうれいのくに あきつしま
ゆ ーうしゆうゆう すうせん ざい
こ うぼう あおげば いやたかし

ああ予科練

大空の彼方に勇敢に潔く散って征った多くの予科練出身の勇者達よ、兄等こそ航空決戦の主役であった。諸君の偉業は日本国民ことごとくが永久に忘れることはないであろう。

若鷲の歌（予科練の歌）

一、若い血潮の予科練の
七つボタンは桜に錨
今日も飛ぶ飛ぶ霞ヶ浦にゃ
でかい希望の雲が湧く

二、燃える元気な予科練の
腕はくろがね心は火玉
さっと巣立てば荒海超えて
ゆくぞ敵陣なぐり込み

三、仰ぐ先輩予科練の
手柄聞くたび血潮が疼く
ぐんと練れ練れ攻撃精神
大和魂にゃ敵はない

四、生命惜しまぬ予科練の
意気の翼は勝利の翼
見事轟沈した敵艦を
母へ写真で送りたい

海軍魂

彼らは厳寒の中、酷暑の中、いかに勇敢に誠実にその職務を遂行したか。当時、下士官、兵であられた諸君、帝国海軍を支えて来たものは実に諸君らの忠誠心と勇気であった。

如何に狂風

一、如何に狂風吹きまくも
如何に怒濤は逆まくも
仮令敵艦多くとも
何恐れんや義勇の士
大和魂充ち満てる
我等の眼中難事なし

二、維新以降《このかた》訓練の
技倆試さん時ぞ来ぬ
我が帝国の艦隊は
栄辱生死の波分けて
渤海湾内乗り入りて
撃ち滅ぼさん敵の艦

三、空飛び翔ける砲丸に
水より躍る水雷に
敵の艦隊見る中に
皆々砕かれ粉微塵
艫より舳より沈みつつ
広き海原影もなし

四、早くも空は雲晴れて
四方《よも》の眺望《ながめ》も浪ばかり
余りに脆き敵の艦
この戦いはもの足らず
大和魂充ち満てる
我等の眼中難事なし

艦船勤務

一、四面海なる帝国を
守る海軍軍人は
戦時平時の別ちなく
勇み励みて勉むべし

二、如何なる堅艦快艇も
人の力に依りてこそ
その精鋭を保ちつつ
強敵風波に当たり得れ

三、風吹き荒び波怒る
海を家なる兵《つわもの》の
職務《つとめ》は種々にかわれども
尽くす誠は唯一つ

四、水漬く屍と潔く
生命を君に捧げんの
心誰かは劣るべき
つとめは重し身は軽し

五、熱鉄身を灼く夏の日も
風刃身を切る冬の夜も
忠と勇との二文字を
肝に銘じて励むべし

神風特別攻撃隊員の惜別の辞（鶴田浩二主演の雲流るる果てに）

一、昭和二十年三月二十一日、陽光麗《うらら》かな日、「美しく立派に散るぞ」とそう云って一番機に向かう友の胸に俺はまだ蕾だった桜の一枝を飾って送った。
明日《あした》は俺の番だ、死ぬ時が別々になってしまったが、靖国神社で会える。その時はきっと桜の花も満開であろう。

二、三月二十六日、花爽やかに開く日、お父さん、お母さん、只今より出発します。
この世に生を享けて二十三年、まさかお父さんやお母さんより早く死のうとは思っても見ませんでした。
お母さん、泣くなと云うのは無理かもしれません。でもどうかよく死んでくれたと、そう云って下さい。私達は祖国を守る為に死んで行くのですから。

三、四月二日、春雨の煙る日、幸か不幸か、俺はまだ今日も生き延びている。
だが、雨が上がり、虹が橋をかけ、茜《あかね》色の夕焼け空が広がる時、俺は必ず征く。
あとに続くことを信じて、俺達の死を決して犬死にして貰いたくないのだ。

私はこのナレーションを聞くたびに涙がとめどめもなく流れ、かくして散華された先輩方を思うとき、万感胸に迫りて、云うべき言葉を知らない。ここに慎んで満腔の敬意と哀悼の誠を捧げます。（合掌）

（海軍兵学校出身の方は申すまでもなく、この国難に殉ぜられた第十三期、第十四期飛行予備学生出身の士官達の奮戦振りは右の惜別の辞によく表れている）

二十．附属資料（動かざる歴史の証言）

㈠ 米英に対する宣戦の詔書

天佑ヲ保有シ万世一系ノ皇祚ヲ践メル大日本帝国天皇ハ昭ニ忠誠勇武ナル汝有衆ニ示ス
朕茲ニ米国及英国ニ対シテ戦ヲ宣ス朕カ陸海将兵ハ全力ヲ奮テ交戦ニ従事シ朕カ百僚有司ハ励精職務ヲ奉行シ朕カ衆庶ハ各ゝ其ノ本分ヲ尽シ億兆一心国家ノ総力ヲ挙ケテ征戦ノ目的ヲ達成スルニ遺算ナカラムコトヲ期セヨ
抑ゝ東亜ノ安定ヲ確保シ以テ世界ノ平和ニ寄与スルハ丕顕ナル皇祖考丕承ナル皇考ノ作述セル遠猷ニシテ朕カ拳々措カサル所而シテ列国トノ交誼ヲ篤クシ万邦共栄ノ楽ヲ偕ニスルハ之亦帝国カ常ニ国交ノ要義ト為ス所ナリ今ヤ不幸ニシテ米英両国ト釁端ヲ開クニ至ル洵ニ已ムヲ得サルモノアリ豈朕カ志ナラムヤ中華民国政府曩ニ帝国ノ真意ヲ解セス濫ニ事ヲ構ヘテ東亜ノ平和ヲ攪乱シ遂ニ帝国ヲシテ干戈ヲ執ルニ至ラシメ茲ニ四年有余ヲ経タリ幸ニ国民政府更新スルアリ帝国ハ之ト善隣ノ誼ヲ結ヒ相提携スルニ至レルモ重慶ニ残存スル政権ハ米英ノ庇蔭ヲ恃ミテ

兄弟尚未タ牆ニ相鬩クヲ悛メス米英両国ハ残存政権ヲ支援シテ東亜ノ禍乱ヲ助長シ平和ノ美名ニ匿レテ東洋制覇ノ非望ヲ逞ウセムトス剰ヘ与国ヲ誘ヒ帝国ノ周辺ニ於テ武備ヲ増強シテ我ニ挑戦シ更ニ帝国ノ平和的通商ニ有ラユル妨害ヲ与ヘ遂ニ経済断交ヲ敢テシ帝国ノ生存ニ重大ナル脅威ヲ加フ朕ハ政府ヲシテ事態ヲ平和ノ裡ニ回復セシメムトシ隠忍久シキニ弥リタルモ彼ハ毫モ交譲ノ精神ナク徒ニ時局ノ解決ヲ遷延セシメテ此ノ間却ツテ益〻経済上軍事上ノ脅威ヲ増大シ以テ我ヲ屈従セシメムトス斯ノ如クニシテ推移セムカ東亜安定ニ関スル帝国積年ノ努力ハ悉ク水泡ニ帰シ帝国ノ存立亦正ニ危殆ニ瀕セリ事既ニ此ニ至ル帝国ハ今ヤ自存自衛ノ為蹶然起ツテ一切ノ障礙ヲ破砕スルノ外ナキナリ

皇祖皇宗ノ神霊上ニ在リ朕ハ汝有衆ノ忠誠勇武ニ信倚シ祖宗ノ遺業ヲ恢弘シ速ニ禍根ヲ芟除シテ東亜永遠ノ平和ヲ確立シ以テ帝国ノ光栄ヲ保全セムコトヲ期ス

御名御璽

昭和十六年十二月八日

各国務大臣副署

（注）これが開戦時における日本帝国を取り巻く真実の姿であり、どこに侵略の野望や、偽り、誇張があるであろうか。然るに東京裁判では、この聖戦の大義名分を証拠資料として採り上げることはなかった。

(二) 終戦に際しての詔書（玉音放送）

朕深ク世界ノ大勢ト帝国ノ現状トニ鑑ミ非常ノ措置ヲ以テ時局ヲ収拾セムト欲シ茲ニ忠良ナル爾臣民ニ告ク

朕ハ帝国政府ヲシテ米英支蘇四国ニ対シ其ノ共同宣言ヲ受諾スル旨通告セシメタリ

抑〻帝国臣民ノ康寧ヲ図リ万邦共栄ノ楽ヲ偕ニスルハ皇祖皇宗ノ遺範ニシテ朕ノ拳々措カサル所曩ニ米英二国ニ宣戦セル所以モ亦実ニ帝国ノ自存ト東亜ノ安定トヲ庶幾スルニ出テ他国ノ主権ヲ排シ領土ヲ侵スカ如キハ固ヨリ朕カ志ニアラス然ルニ交戦已ニ四歳ヲ閲シ朕カ陸海将兵ノ勇戦朕カ百僚有司ノ励精朕カ一億衆庶ノ奉公各〻最善ヲ尽セルニ拘ラス戦局必スシモ好転セス世界ノ大勢亦我ニ利アラス加之敵ハ新ニ残虐ナル爆弾ヲ使用シテ頻ニ無辜ヲ殺傷シ惨害ノ及フ所真ニ測ルヘカラサルニ至ル而モ尚交戦ヲ継続セムカ終ニ我カ民族ノ滅亡ヲ招来スルノミナラス延テ人類ノ文明ヲモ破却スヘシ斯ノ如クムハ朕何ヲ以テカ億兆ノ赤子ヲ保シ皇祖皇宗ノ神霊ニ謝セムヤ是レ朕カ帝国政府ヲシテ共同宣言ニ応セシムルニ至レル所以ナリ朕ハ帝国ト共ニ終始東亜ノ解放ニ協力セル諸盟邦ニ対シ遺憾ノ意ヲ表セサルヲ得ス帝国臣民ニシテ戦陣ニ死シ職域ニ殉シ非命ニ斃レタル者及其ノ遺族ニ想ヲ致セハ五内為ニ裂ク且戦傷ヲ負ヒ災禍ヲ蒙リ家業ヲ失ヒタル者ノ厚生ニ至リテハ朕ノ深ク軫念スル所ナリ惟フニ今後帝国ノ受クヘキ苦難ハ固ヨリ尋常ニアラス爾臣民ノ衷情モ朕善ク之ヲ知ル然レトモ朕ハ時運ノ趨ク所堪ヘ難キヲ堪ヘ忍ヒ難キヲ忍ヒ以テ万世ノ為ニ太平ヲ開カムト欲ス

朕ハ茲ニ国体ヲ護持シ得テ忠良ナル爾臣民ノ赤誠ニ信倚シ常ニ爾臣民ト共ニ在リ若シ夫レ情ノ

激スル所濫ニ事端ヲ滋クシ或ハ同胞排擠互ニ時局ヲ乱リ為ニ大道ヲ誤リ信義ヲ世界ニ失フカ如キハ朕最モ之ヲ戒ム宜シク挙国一家子孫相伝ヘ確ク神州ノ不滅ヲ信シ任重クシテ道遠キヲ念ヒ総力ヲ将来ノ建設ニ傾ケ道義ヲ篤クシ志操ヲ鞏クシ誓テ国体ノ精華ヲ発揚シ世界ノ進運ニ後レサラムコトヲ期スヘシ爾臣民其レ克ク朕カ意ヲ体セヨ

御名御璽

昭和二十年八月十四日

各国務大臣副署

（注）この詔書は八月十五日、まさに正午、陛下御自ら全国の国民並びに各地に展開していた日本軍全員の将兵に対し、放送をもって伝達されたものであり、日本陸海軍はこの日をもって、一切の闘いを中止した。陛下の御心中お察し申すに余りあり、「かくの如くんば朕何を以てか億兆の赤子を保し皇祖皇宗の神霊に謝せんや」の件《くだり》は、まさに涙なくしては拝読できない。

(三) 兵学校第七十五期入校式における井上成美校長訓示

諸子、本日茲ニ海軍兵学校生徒ヲ命ゼラレ光輝アル歴史ト伝統トヲ有スル帝国海軍軍人トシテノ生涯ノ第一歩ヲ印ス。諸子ノ本懐察スルニ余アリ。今ヤ生徒トシテノ修練ヲ開始セントスルニ当リ一言以テ諸子ノ向フベキトコロヲ示サントス。

一、現下皇国ノ興廃ヲ賭スル大戦ハ正ニ酣ニシテ「一億国民悉ク戦闘配置ヘ」ノ声ヲ聞クノ秋、諸子ハ全国多数ノ青年中ヨリ選バレテソノ光栄アル戦闘配置ニ就クヲ得タリ。諸子ハ実ニコノ極メテ重要ナル配置ニオイテ本日ヨリ戦闘ニ参加スルモノナリ。訓育トイヒ学術教育トイヒ諸子ノ本校ニオケル学習ハ是皆戦闘ニ外ナラザルナリ。今ヤ諸子ノ一挙手一投足ハ断ジテ諸子ノ一身上ノ問題ニ止マラズ。況ンヤ出世栄達ノ為ニアラズ。名分名利ノ為ニアラズ。今日以後諸子ハ全身全霊以テ国家ニ奉公スベキモノナルコトヲ銘記スベシ。

二、自啓自発ハ最良ノ学習法ナリ。学術訓練ニ臨ムニ際シテハ「教ヘラルルガ故ニ学ビ命ゼラルルガ故ニ為ス」ノ消極的態度ヲ執ルコトナク須ラク常ニ「学バント欲ルガ故ニ教ヘヲ乞フ」ノ積極的態度ヲ以テシ終始一貫敢為進取学習ニ励精スベシ。

三、諸子ノ本校ニオイテ学ブベキ学術訓練ハ極メテ多岐多端ニ亘ルトイエドモ是レ何レモ初級将校タルノ素養トシテ必須欠クベカラザルモノナリ。サレバ断ジテ自己ノ好悪ニ因リテ勤怠ノ差ヲ生ゼシムルガ如キコトアルベカラズ。而シテ学習ハ徹底ヲ期シ遂ニ活用自在達人ノ域ニ連スルヲ要ス。知ルハ習フノ第一歩ナリトイエドモタダ単ニ知ルヲ以テ事足レリトナスガ如キハ剣法ヲ心得ズシテ銘刀ヲ帯ブルニ等シキモノナルヲ悟ルベシ。

諸子、克ク右ノ三条ノ意義ヲ肝銘シ常ニ陣中ニ在ルノ覚悟ヲ持シ教官班並ビニ上級生徒ノ指導ニ従ヒ一意専心生徒ノ本分ニ精進スベシ。（終）

（注）帝国海軍七十七年の歴史の中で、かかる壮烈な訓示を受けて入校したクラスは外にはないのではないか。それは戦局の推移にもよるが、一日も早く立派な軍人に育てあげて実戦場裡に送り出そうとの学校当局の決意でもあった。その後、七十五期は熾烈な訓練と絶え間なき課業に明け暮れ、一号生徒の火の出るような鉄拳を受けつつ、鍛え上げられたが、遂にこの大戦には間に合わなかった。しかし、七十五期は戦後あらゆる分野で奮闘し、いかなる職場局面に立っても、一切の言訳《いいわけ》をせず、その結果を他人の故《せい》にしたり、卑怯な振舞いなどはせず、一路祖国の再建に尽力した。

(四) 海軍兵学校閉校に際しての栗田健男校長訓示

（注）この訓示は帰郷中の生徒を、都道府県ごとに各県庁に集め、その地区を担当する教官から伝達されたように思う。その際、予期に反し退職金（五百円であったか）まで支給され、別れを惜しみつつ、「いずれまた」といって、三クラス相別れた、と記憶している。

この訓示には、海軍の好意が至るところに述べられているが、特に「ものは成るときに成るに非ずしてその因たるや遠くかつ微なり」の名言と「中道にして挫折するが如きは男子の最も恥辱とする処なり」の教えは、私たちの六十年にわたる生涯を支えて来た金言であった。これこそ兵学校生徒に対する信頼と期待が込められた名訓示であったと今も考えている。

訓　示

百戦効空シク四年ニ亘ル大東亜戦争茲ニ終結ヲ告ゲ停戦ノ約成リテ帝國ハ軍備ヲ全廃スルノ止ム無キニ至リ海軍兵学校亦近ク閉校サレ全校生徒ハ来ル十月一日ヲ以テ差免ノコトニ決定セラレタリ

諸子ハ時恰モ大東亜戦争中志ヲ立テ身ヲ挺シテ皇國護持ノ御楯タランコトヲ期シ選バレテ本校ニ入ルヤ厳格ナル校規ノ下加フルニ日夜ヲ分タザル敵ノ空襲下ニ在リテ克ク将校生徒タルノ本分ヲ自覚シ拮据精励一日モ早ク實戦場裡ニ特攻ノ華トシテ活躍センコトヲ希ヒタリ又本年三月ヨリ防空緊急諸作業開始セラルルヤ鉄槌ヲ振ッテ堅巌ニ挑ミ或ハ物品ノ疎開ニ建造物ノ解毀作業ニ或ハ又簡易教室ノ建造ニ自活諸作業ニ酷暑ト闘ヒ労ヲ厭ハズ盡瘁之努メタリ然ルニ天運我ニ利アラズ今ヤ諸子ハ積年ノ宿望ヲ捨テ諸子ガ揺籃ノ地タリシ海軍兵学校ト永久ニ離別セザルベカラザルニ至レリ惜別ノ情何ゾ言フニ忍ビン又諸子ガ人生ノ第一歩ニ於テ目的変更ヲ余儀ナクセラレタルコト誠ニ気ノ毒ニ堪ヘズ

然リト雖モ諸子ハ年歯尚若ク頑健ナル身體ト優秀ナル才能トヲ兼備シ加フルニ海軍兵学校ニ於テ體得シ得タル軍人精神ヲ有スルヲ以テ必ズヤ将来帝國ノ中堅トシテ有為ノ臣民ト為リ得ルコトヲ信ジテ疑ハザルナリ生徒差免ニ際シ海軍大臣ハ特ニ諸子ノ為ニ訓示セラルル処アリ又政府

ハ諸子ノ為ニ門戸ヲ開放シテ進学ノ途ヲ拓キ就職ニ関シテモ一般軍人ト同様ニ其ノ特典ヲ與ヘラル兵学校亦監事タル教官ヲ各地ニ派遣シテ漏レナク諸子ニ對シ海軍ノ好意ヲ傳達セシムル次第ナリ

惟フニ諸子ノ前途ニハ幾多ノ苦難ト障碍ト充満シアルベシ諸子克ク考ヘ克ク圖リ将来ノ方針ヲ誤ルコトナク一旦決心セバ目的ノ完遂ニ勇往邁進セヨ忍苦ニ堪ヘズ中道ニシテ挫折スルガ如キハ男子ノ最モ恥辱トスル処ナリ大凡モノハ成ル時ニ成ルニ非ズシテ其ノ因タルヤ遠ク且微ナリ諸子ノ苦難ニ対スル敢闘ハヤガテ帝國興隆ノ光明トナラン終戦ニ際シ下シ賜ヘル詔勅ノ御主旨ヲ體シ海軍大臣ノ訓示ヲ守リ海軍兵学校生徒タリシ誇ヲ忘レズ忠良ナル臣民トシテ有終ノ美ヲ済サンコトヲ希望シテ止マズ

茲ニ相別ルルニ際シ言ハント欲スルコト多キモ又言フヲ得ズ唯々諸子ノ健康ト奮闘トヲ祈ル

昭和二十年九月二十三日

海軍兵学校長　栗田健男

あとがき

私は平成十一年の四月に軽い脳梗塞を患《わずら》い、七十五期が七十五歳になった時、この文集を出版しようと心に決めていたが、再発の危険もあって、ついつい今日まで伸び伸びになってしまった。この随筆集を「残照」としたのは、定年退職後、未だ心に灯が輝く日々に書いた随想や論説であったので、そう表題をつけたのであるが、太陽が海に沈んで行く時のあの荘厳な美しさ、それはまさに帝国海軍の末路を象徴するかのように映ったからである。

しかしいざ始めるとなると、あれもこれもと欲が出て、残照にふさわしくないものになってしまったが、遂に果たし得なかったことが三つあって、一つは武蔵の「五輪書」、二つは「菜根譚」に述べられた人生哲学、三つ目は「日本の教育界を駄目にしてしまった日教組の大罪」という論評である。しかし、これは必ず近い将来、国会の中心課題になるような気がしてならない。それはともあれ、今回の企画につきましては㈶水交会の事務局並びにクラス会の事務局にも報告したが、気持ちよくご了解を頂き、さらに表題に掲記した「大和」と「江田島」の写真は東京理科大学名誉教授の加藤正義様（兵第七十七期）から頂いたものであり、何かとご助言を賜わりましたこと、ここに謹んで厚く御礼申し上げます。

また、今回の出版に際しては元就出版社の浜正史氏様に格別のご高配を賜わり、ここに改めて深甚なる謝意を表する次第であります。

なお、裏面の「在りし日の零戦」と「敷島隊の五人」の写真は光人社発行の「大空のサムライ」坂井三郎著、敷島隊の五人は森史朗先生の大作の中から拝借したものでありますが、これこそ日本の興亡をかけた重大な歴史的一断面でありますので、何卒ご承認を賜わりたい。

前澤　玄

平成十七年八月

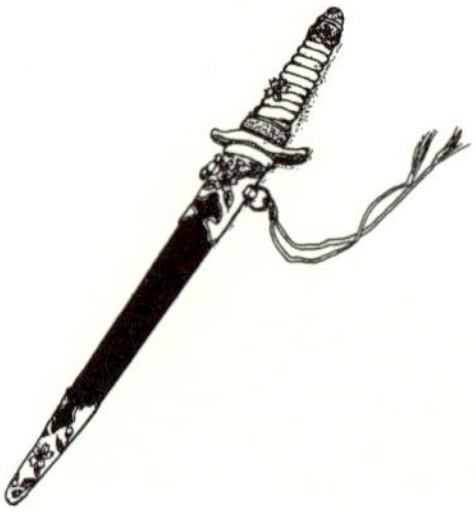

追記――「利根」の将兵、今何処に眠るや

「利根」は帝国海軍きっての最も精鋭な一等巡洋艦であった。惜しくも昭和二十年の七月、数百機に及ぶアメリカ艦載機の波状攻撃に遭って、我が母校海軍兵学校の面前でその生涯の幕を閉じた。

その日は私はたまたま陸戦服の着替えに寝室に居って、退避する暇もなく西生徒館の二階西側から、「利根」の奮戦振りを、つぶさに観察することが出来た。

攻撃に先立ち、アメリカ偵察機が高々《こうこう》度に旋回しつつ目標の位置を味方機に知らせている。やがて砲撃戦が始まったが、対空砲が熾烈な間はアメリカ機も高度を下げきれず、ほとんど命中弾はなく、水柱のみが「利根」のマスト近くまで上がっていた。

「利根」の主砲が南向きなので、アメリカ機は北側から攻めて来る。正直いって私はアメリカの奴、この程度にしか高度を下げられず、すぐ機首を上げてしまうのかと、真珠湾攻撃時の日本海軍航空部隊の勇敢さを思い出していた。

ところが、遂に一発の命中弾がマスト付近に命中し、もくもくと黒煙が上がった。すると付近にあった機銃弾が誘爆なのか、パチパチと燃え拡がった。そうなると、周辺銃座の将兵も多

数負傷する。

対空砲火が衰えてきたと見ると、アメリカ機はその方角から次第に高度を下げて攻撃するようになった。

その後、命中弾が一、二発とふえ、艦内は火炎に包まれているように見えた。

アメリカ機が去って、兵学校の内火艇が負傷者の救出に出動したが、桟橋から上がって来る将兵は、重傷で言葉にならない絶叫を発していた。

翌日、さらに艦載機の攻撃を受けて「利根」は、ほとんど戦闘能力を失い、ついに江田内に着底してしまった。申すまでもなく「利根」は、ミッドウェー海戦にも参加し、レイテ湾でも奮戦し、その勇闘の姿はまさに吾々の憧れの的でもあった。もし「利根」がアメリカ艦と砲撃戦を展開していたら、おそらくアメリカの戦艦にも負けなかったであろう。まことに惜しみても余りあるものがある。

ここに掲げた「利根」の残像は、戦後になって、あの折、私の脳裏に焼き付いた面影を筆でスケッチしたものであり、実物と大きく異なるかもしれない。主砲は確か三連装であったように思う。

あのとき奮戦した幾多の将兵の胸中を思い、ここに心からなる哀悼の誠を捧げる次第である。

〔著者略歴〕
前澤　玄（まえざわ・ひろし）
大正15年４月７日生まれ
昭和18年12月　県立栃木中学校から海軍兵学校に入校。第75期
昭和25年３月　東北帝国大学法文学部卒
同年４月　新三菱重工神戸造船所入社。重工、自工の勤務を経て
三菱テクノメタル㈱常勤監査役　平成６年６月退社
平成10年11月　㈶水交会「水交」編集委員長
同年11年４月　病を得て辞任

残　照

2005年８月15日　第１刷発行

著　者　前　澤　　玄
発行人　浜　　正　史
発行所　株式会社　元就《げんしゅう》出版社
〒171-0022 東京都豊島区南池袋4-20-9
サンロードビル2F-B
電話　03-3986-7736 FAX 03-3987-2580
振替　00120-3-31078
装　幀　純　谷　祥　一
印刷所　中央精版印刷株式会社

※乱丁本・落丁本はお取り替えいたします。

ISBN4-86106-031-1　C 0095